Huren und Zitronen
und andere Geschichten aus dem Leben
des Benno Schmidtbauer

Helmut Beckmann

Huren und Zitronen

und andere Geschichten aus dem Leben
des Benno Schmidtbauer

Umschlaggestaltung: Siegfried Dierker
(www.digibuchservice.de)
Foto: © Daniela Beckmann (www.danielabeckmann.de/)
Herstellung und Verlag: BoD - Books on Demand,
Norderstedt

ISBN: 978-3-7481-3048-2

Inhaltsverzeichnis

Huren und Zitronen

Auf dem Heimweg eines ganz normalen Arbeitstages überfiel Benno Schmidtbauer die Erkenntnis, dass seine Arbeit und damit er selbst entbehrlich war.

Vor einer Ampel musste er halten. Die Sekunde Aufmerksamkeit für den Straßenverkehr verdrängte die Begründung, die soeben noch einleuchtend war. Benno überlegte krampfhaft, doch sie blieb ihm entfallen. Unruhe erfasste ihn; er wollte anhalten, aussteigen, durchatmen, aber die Straße war auf dieser Seite dreispurig und er stand ganz links. Als die Autos vor ihm anfuhren, trat er ruckartig auf das Gaspedal. Der Motor reagierte prompt und dröhnte kurz – die Unruhe blieb jedoch und nährte die Sorge, er könnte endgültig an dem Mühlmann-Syndrom erkrankt sein, wie er das Denken nannte, das ihm von ›seinem Direktor‹, wie er Mühlmann bezeichnete, sozusagen implantiert wurde. Spontan verwarf Benno diese Vermutung. Die Blockade im Kopf war ihm Anzeichen genug, die Wahrheit der Aussage nicht in Zweifel zu ziehen: Ich bin entbehrlich.

Eine Frauenstimme im Radio sang von *good bye*. Mit einer heftigen Bewegung schaltete Benno das Radio aus. Er mochte diese Art von Zufällen nicht, die sich als solche nicht beweisen ließen und deshalb als Tatsachen durchgingen und den Anschein erweckten, alle Welt wüsste Bescheid, nur er selbst nicht. Er war fünfundvierzig und sein Leben so glatt wie der Kemnader See in der Sommerhitze, es gab zwar gefährliche

Strömungen, aber die lagen unter der Oberfläche, wo sie nicht für jedermann erkennbar waren und er sie unter Kontrolle hielt.

Benno fädelte sich an einer Baustelle nach links ein. Seit einigen Jahren rissen die Stadtwerke die Straßen auf und reparierten vorsorglich undicht werdende Leitungsverbindungen. Sie gingen nach einem Plan vor: nicht alles auf einmal, sondern reihum durch die Stadtteile, so dass die Baustellen alle Jahre wiederkamen. Er selbst hatte eigentlich gar keinen Plan mehr, er fühlte sich eher als der Teil eines Planes, den er nicht aufgestellt hatte und dessen Ziele er nicht kannte.

Ein Bass dröhnte aus offenem Seitenfenster an ihm vorbei. In zweihundert Metern stand ein Blitzautomat und würde vielleicht ein schönes Foto machen, wünschte sich Benno. Ihn nervte das Gedränge der Stadt, in deren Umkreis von einer Stunde Autofahrt es keinen Fleck gab, wo man wirklich allein war. Schon vor fünfzehn Jahren, erinnerte er sich, fand er im Stadtwald keine Gelegenheit, Marie Luise ein paar Minuten ungestört und entspannt an die Wäsche zu gehen und ihr, zwischen den Bäumen, die Brust zu entblößen, als Einstimmung auf die Ankunft zu Hause. Unbequeme und hastige Verrenkungen im Wald mochte er schon damals nicht. Jetzt gingen sie spazieren und führten den Hund aus, wie alle anderen auch.

Zehn Minuten später fuhr Benno in die Garage. Auch das Haus war ein Plan, den seine Hypothekenbank über siebenundzwanzig Jahre aufgestellt hatte und dem er sich unterordnete in dem Gefühl, ein schönes und angemessenes Zuhause zu haben. Es lag an dieser nicht mehr nachvollziehbaren Erkenntnis über seine Bedeutungslosigkeit, dass er sich plötzlich grau und flau fühlte, ohne jede Spannung.

»Wie war dein Tag?«, fragte Benno von der Diele in die Küche, während er sich von Ricki begrüßen ließ, ihr den Hals tätschelte und spielerisch die Hand um die Schnauze legte. Ricki machte sich frei und tänzelte, die Vorderpfoten auf seiner Brust.

»Ich bin mit Ricki eben zurück.«

Schade. Eine halbe Stunde mit dem Hund an der Ruhr entlang, und die Eingebung über seine Entbehrlichkeit hätte sich vielleicht wieder eingestellt.

»Mach was du willst«, sagte Marie Luise aus der Küche, »ich werde lesen. Dein Abendbrot habe ich dir auf den Esstisch gestellt.«

Marie Luise hatte ihm zwei Scheiben Brot zu Canapés geschnitten, mit Käse, Salami und Forellenfilets belegt und einige Messerspitzen Senf dazu gegeben, den er sich gerne über den Gouda strich. Benno aß den Teller ohne Appetit leer. Sie hatte sich Mühe gemacht und diese Mühe wollte er nicht zurückweisen, in dem er die Hälfte stehen ließ. Damit ersparte er sich auch Antworten, Erklärungen und Rechtfertigungen.

An diesem Abend ging er erst spät ins Bett. Obwohl er beschäftigt schien, hatte er eigentlich nichts getan: Musik angestellt, im Computer seine Mail-

Postfächer überprüft und festgestellt, dass sie nur Müll enthielten. Im Internet hatte er aus einem nostalgischen Impuls heraus vergeblich nach einem Buch aus seiner Kindheit gesucht, von dem er den Namen der Autorin und den Titel längst vergessen hatte, und er hatte die erst gestern geprüften Geldanlagen eingesehen und festgestellt, dass er um knapp zwei Euro vermögender geworden war, weil die einzige Aktienanlage – eine Fehlspekulation, von der er sich nur deshalb nicht trennen konnte, um den Verlust nicht zu realisieren – überraschender Weise drei Cent im Kurs gestiegen war. Zwischen dem Lesen und dem Aufruf weiterer Seiten gab es Phasen, in denen er regungslos auf den Bildschirm starrte und scheinbar der Musik zuhörte.

Benno zog sich im Dunkeln aus und schlüpfte unter die Bettdecke. Er berührte Marie Luises Schulter. Sie reagierte nicht; ihr Atem ging ruhig und gleichmäßig. Benno drehte sich auf den Rücken und dachte, wie häufiger in letzter Zeit, an Claudia.

Was Benno an Arbeit noch nicht erledigt hatte, lag griffbereit; Dringendes oben auf dem Schreibtisch und das schlechte Gewissen in den beiden Schubladen auf der rechten Seite. Die Kunst war, die Schubladen im Auge zu behalten, im richtigen Moment zu öffnen und an den Vorgängen weiter zu arbeiten, als seien sie die Vordringlichen. Die Zeiträume, in denen die Stapel stiegen, kehrten ebenso regelmäßig wieder wie sein jährlicher Urlaubsanspruch. Benno arbeitete dann wie gegen Windmühlenflügel und fühlte sich vom Gewicht des Papiers erdrückt.

In dieser Stimmung klingelte das Telefon. Die Frage, ob er in Mühlmanns Büro kommen könne, war rhetorisch. Benno prüfte in Gedanken die aktuellen Vorgänge, fand aber keinen, zu dem er den Rückruf des Direktors erwarten konnte.

Mühlmann telefonierte. Benno setzte sich in den Besuchersessel vor Mühlmann Schreibtisch und hörte zu, wie schon viele Male vorher, und hoffte auf ein schnelles Ende. Während Benno die Finger kribbelten und er den Notizblock auf den Rand des Schreibtischs legte, hatte Mühlmann Zeit, sich um Angelegenheiten eines Vereinsvorstands zu kümmern, privat also, und klaute damit Bennos Arbeitszeit. Benno musste sich seine eigene Bedeutung nicht durch ein regelmäßiges über zwanzig Uhr hinaus geschobenes Arbeitsende beweisen. Marie Luise war in dieser Hinsicht auch nicht so verständnisvoll wie Mühlmanns Gattin in den von ihm mitgehörten Telefonaten; Frau Mühlmanns Vorwürfe waren dieselben, klangen aber nach Lippenbekenntnissen – sie beschwerte sich pro forma und ohne erkennbar an eine Veränderung zu glauben.

Während Mühlmann redete und antwortete, machte er Benno Zeichen, wie lästig das Telefonat sei. Benno wusste, dass gleich die langatmigen Erklärungen kommen würden, die das Telefonat als notwendig und unabwendbar darstellten, und die Feststellung, wie beschränkt manche Leute seien – das meinte Mühlmann sogar wohlwollend, wie Benno annahm, weil Mühlmann am Telefon freundlich und geduldig blieb, obwohl sein Gesicht resignierte Grimassen schnitt.

Wenn Mühlmann dann die Stimme senkte, kam er zur Sache. Benno glaubte nicht, dass Mühlmann die Stimmhöhe als bewusstes Mittel einsetzte, die Aufmerksamkeit seines Gesprächspartners zu erzwingen; wenn Mühlmann die Stimme senkte, war er ganz er selbst: Wichtig. Diesmal ging es um eine fest umrissene Zusammenarbeit mit einem Konkurrenten. Jeder für sich hatte keine Freude an dem Geschäft mit dem Kunden, also wollte man kooperieren. Benno solle für diesen Einzelfall einen Vertrag entwerfen.

Benno sparte sich den Einwand, dass er keine Zeit für eine zusätzliche Aufgabe hatte, wenn er die bereits anstehenden mit der gebotenen Sorgfalt erledigen wollte. Die Sitzung vor Mühlmanns Schreibtisch würde sich dadurch nur verlängern, ohne die Chance, etwas zu ändern. Mühlmanns Auftrag würde erledigt werden, notfalls durch einen anderen Kollegen und mit entsprechenden Konsequenzen – nicht sofort, aber doch bald und im täglichen Umgang spürbar, spätestens beim nächsten Gehaltsgespräch.

Der neue Auftrag reizte Benno trotz der Zusatzbelastung. Er bedeutete Abwechslung von der sich wiederholenden Routine der Budgets und Berichte über die von ihm betreute Italien-Kooperation. Die Verhandlungen mit der Konkurrenz versprachen spannend zu werden – man stand nicht auf besonders gutem Fuß zueinander, doch wog die Vorfreude den

Druck der sich bereits in seinen Büro befindlichen Papiere nicht auf. Benno flüchtete sich in einen Kaffee.

Der Raum, in dem der Kaffeeautomat stand, war eine Enklave inmitten der Geschäftigkeit des Bürogebäudes. Hier wurde Informelles ausgetauscht und ansonsten geschickt verborgene Gefühle krochen aus dunkelblauen oder anthrazithschwarzen Bürouniformen hervor. Ein Kopierer und ein Reißwolf standen noch mit im Raum und markierten den Anfang und das Ende eines unendlichen Kreislaufs.

»Ich bin eine Zitrone«, sagte Benno zu dem soeben eintretenden Kollegen, Klaus Mertens, während er zwei Zehn-Cent-Stücke in den Blechschlitz einfädelte.

»Bist du sauer? Hat es Ärger mit Mühlmann gegeben wegen der letzten Kalkulation?«

Benno wählte Kaffee mit Milch. »Er ist eine Hure.«

»Drücke dich genauer aus. Schläft er mit seiner Sekretärin?«

Der Automat presste den Kaffee jaulend durch den Filter in den Becher.

»Es gibt zwei Arten von arbeitenden Menschen.« Benno zog den Becher vorsichtig aus der Halterung. »Die einen prostituieren sich. Für Geld oder Macht über eine Abteilung, über andere Menschen. Das sind die Huren. Sie halten sich für die Stützen der Volkswirtschaft und bezeichnen ihr Tun selbst als ›Karriere machen‹. Zu diesem Zweck pressen sie Zitronen aus. Das ist die andere Sorte.«

»Du spinnst«, sagte Klaus.

Benno lächelte gequält. Die Reaktion von Klaus

zeigte, dass er bei ihm zwischen der Solidarität unter Gleichgestellten und den persönlichen Interessen unterscheiden musste. Klaus wollte nicht länger Zitrone sein, sondern Hure werden. Nur so ergaben die konsequent ab neunzehn Uhr anberaumten Rücksprachen bei Direktor Mühlmann einen Sinn. Gabriele, die Sekretärin, hatte beiläufig beim Mittagessen in der Kantine aus dem Terminkalender des Chefs geplaudert. Ob wohlmeinend oder schadenfroh, hielt sie zurück.

»Vergiss es«, sagte Benno. Auf dem Weg zurück ins Büro begegnete er einem anderen Kollegen. Werner Ungscheid wedelte mit einem dünnen Hefter und rief ununterbrochen: »Scheiße!«

»Warum habe ich ihn darauf hingewiesen?«, fragte Ungscheid aufgebracht. »Ich hätte es wissen müssen!« Es sei nur eine theoretische Alternative gewesen, die er Mühlmann gegenüber der Vollständigkeit halber erwähnt hatte, berichtete Ungscheid, und prompt habe er den Auftrag bekommen, die Studie um diese Alternative zu erweitern – das volle Programm: Beschreibung, Wirtschaftlichkeitsuntersuchung, Vor- und Nachteile darstellen, Empfehlung.

Benno täuschte Verständnis und Mitgefühl mit einer banalen Floskel vor: Mühlmann verteile das Leiden gleichmäßig, denn auch er habe einen zusätzlichen Auftrag von ihm bekommen. In Bennos Augen war Ungscheid eine Quasi-Hure, die von Mühlmann immer wieder als Zitrone gebraucht wurde und dem die frühabendlichen Audienzen bei Mühlmann nicht die erhoffte Beförderung eingebracht hatten – noch nicht, wie Benno befürchtete. In dieser Hinsicht war Mühlmann ein Meister; er verstand es, Hoffnungen über lange Zeiträume lebendig zu halten und war nie verlegen, das nicht Erreichte plausibel zu begründen und den jeweiligen Umständen einem zwingenden und zugleich unglücklichen Einfluss zuzuschreiben, gegen den er selbstverständlich machtlos war.

Ungscheid sah Benno verständnisvoll an. Auch Ungscheid simulierte, wie er selbst, vermutete Benno. Wirkliche Solidarität erwartete er nicht von ihm, dafür war die Beziehung zu dünn. Ungscheid blieb ihm gegenüber von Anfang an auf gesiezter Distanz. Vor Jahren hatte Benno ihm auf Gabrieles Polterabend das Du angeboten, was Ungscheid nicht angenommen hatte. Benno war ihm letztlich nicht böse, aber das Verhältnis zu Ungscheid war für ihn ein für alle Mal geklärt.

Als Benno abends das Büro verließ, traf er auf Klaus Mertens.

»Ungscheid ist durch«, sagte Klaus und nahm den Schritt zu Benno auf. »Durch den Bewertungsausschuss.«

Benno blieb stehen. »Heißt das …«

Klaus nickte.

Marie Luise beklagte sich nach dem Abendessen über seine Schweigsamkeit. Zum Erzählen gehört Erlebtes, hatte er früher gerne eingewandt. Wovon sollte er reden, möglichst ohne langatmige Erklärungen der Sachverhalte, wenn nichts Mitteilenswertes passiert war? Die Diskussion hierüber ersetzte dann das eigentliche Gespräch. Heute war nichts zu erklären.

»Ungscheid ist befördert worden«, sagte er.

»Vermutlich hat er es verdient.«

»Er redet Mühlmann nach dem Mund.«

»Das ist die übliche Ausrede«, entgegnete Marie Luise.

»Wäre es dir lieber gewesen, ich hätte ständig die abendlichen Sprechstunden bei Mühlmann in Anspruch genommen?«

»Ich werde nie verstehen, warum sich die Qualität einer Arbeit nicht bereits tagsüber herausstellt.«

»Tagsüber? Da ist Mühlmann auf Dienstreisen oder in Besprechungen und Konferenzen. Er liest unsere Berichte und Entwürfe zwischendurch und kritzelt Anmerkungen und Fragen aufs Papier.«

»Die sich dann nur abends klären lassen?«

»Ich gebe die Antworten wenn möglich ebenso schriftlich«, sagte Benno. »Und erspare mir deine mündlichen Vorwürfe, es sei wieder einmal spät geworden und du könntest unter diesen Umständen besser allein leben.«

»Ich sehe meine Lebensaufgabe nicht darin, dir den Rücken frei zu halten.«

»Wir haben keine festgelegten Öffnungszeiten wie bei dir im Amt«, sagte Benno heftig.

An diesem Punkt der Argumentation war die Diskussion regelmäßig beendet, als hätten sie sich an ihren jeweiligen Standpunkten eingegraben und beobachteten argwöhnisch, ob sich der andere bewegen würde. Benno fühlte sich ungerecht behandelt. Er verzichtete wegen Marie Luise – eines nicht allzu späten Feierabends – auf die abendlichen Rücksprachen bei Mühlmann, hemmte damit seine Karriere und handelte sich gleichzeitig den Vorwurf von ihr ein, er sei für eine Beförderung anscheinend nicht gut genug.

Benno ging in den Keller und holte eine Flasche Cabernet Sauvignon. In der Diele, auf dem Treppenabsatz, stand Marie Luise, als habe sie auf ihn gewartet. Benno wurde mit der Flasche unwohl, konnte sie aber nicht unbemerkt wegstellen.

»Ich will nicht ungerecht sein«, sagte sie. »Ich stecke nicht so drin in euren Zwängen.«

Benno suchte in Marie Luises Gesicht nach dem Grund für den Sinneswandel. Erst als Marie Luise ihren Kopf auf seine Schulter lehnte und ihr Atem an seinem Hals vorbei strich, war die Weinflasche so hinderlich, dass er sich aus Marie Luises Umarmung lösen musste, um sie abzustellen.

»Gute Nacht«, sagte sie und ging, ohne sich umzusehen, ins Schlafzimmer. Benno eilte ihr nach.

Kröger sei ein Idiot, sagte Mühlmann. Benno schloss aus dieser Feststellung, dass alle Passagen seiner Ausarbeitung, die sich auf Krögers Aussagen stützten, hinfällig waren. Wenn alles gut lief, würde Mühlmann ihn wohlwollend als gutgläubig ansehen, als jemanden, der Kröger nicht durchschaut hatte.

Benno schwitzte. Es gab keinen Grund, Kröger zu misstrauen, er hatte bereitwillig auf alle Fragen geantwortet. Kröger war der Fachmann und Benno maßte sich nicht an, es besser zu wissen. Mühlmann war in dieser Hinsicht unbefangener. Als Jurist sah er sich befähigt, auch Sachverhalte außerhalb von Gesetzen und Verordnungen zu beurteilen. Seine Methode war, die Konzepte so lange zu hinterfragen, bis alle Gestaltungsmöglichkeiten auf dem Tisch lagen und er die einzelnen Elemente nach seinen Vorstellungen neu zusammensetzen konnte. Dafür war Mühlmann gefürchtet und genoss uneingeschränkten Respekt.

Mühlmann diktierte Benno seine Ansichten. Selbstverständlich erwartete er, dass Benno diese bei Kröger durchsetzen würde. Für Benno war das eine unangenehme Situation – Krögers Fachmeinung nicht in Frage zu stellen und trotzdem Mühlmanns Vorstellungen zu entsprechen. Benno hatte für solche Fälle ein bewährtes Rezept: bedingte Offenheit. Entweder bezog er sich auf übergeordnete Gründe, die ein bestimmtes Ergebnis wünschenswert erscheinen ließen, auch wenn diese Gründe im Nebel des Vorstands verborgen blieben, oder er verhielt sich konspirativ und sagte klar an, was Mühlmann wünschte. Welche Methode er im Einzelfall wählte, hing von dem betroffenen Kollegen ab.

Auf dem Weg zum Büro ging Benno in Gedanken schon das Telefonat mit Kröger durch. Konspirative Methode, entschied er, Kröger konnte er die Wahrheit sagen, dass Mühlmann ein anderes Ergebnis wollte.

Benno schlug Krögers Nummer im Telefonverzeichnis nach, als das Telefon klingelte.

Wann er mit der Entscheidungsvorlage für die Vorstandssitzung am Montag rechnen könne, fragte Hochstätter. Die Tagesordnung sei diesmal *sehr* lang, betonte Hochstätter, und wenn dann alle Unterlagen erst zum Abgabetermin eintreffen würden...

Donnerstag, 14 Uhr, also morgen. Benno verkrampfte sich. Hochstätter schlug man keine Bitte ab, er war als Leiter des Vorstandsbüros für das Überleben wichtig. Von Hochstätter erfuhr man notwendige Einzelheiten aus den Terminkalendern der Vorstände. Es war gut zu wissen, was der handschriftliche Vermerk ›Eilt sehr‹ tatsächlich bedeutete. Hochstätter war kooperativ und berichtete auch über Stimmungslagen und Trends. Das war das Schlimmste überhaupt, wenn man nicht wusste, ob und welches Ziel der Vorstand im Auge hatte.

»Eine Entscheidungsvorlage? Zu welchem Thema?«, fragte Benno.

»Kauf der KPL.«

Benno sagten weder der Vorgang noch die Abkürzung etwas. »Ich kümmere mich darum«, sagte er und packte Zuversicht in seine Stimme. Dies ist nicht die erste Krisensituation, beschwichtigte er seine aufkommende Panik, bisher hast du es immer noch geschafft. Warum hatte er den Auftrag betreffend KPL nicht erhalten? Ohne Auftrag konnte er nicht tätig werden und wäre damit von aller Verantwortung für eine fehlende Entscheidungsvorlage freigesprochen.

Er ging zu Gabriele, um nachzufragen. Sie konnte sich erinnern, weil Mühlmann sein ›Eilt sehr‹ sogar mit zwei Ausrufezeichen versehen hatte und darunter den Auftrag ›Bitte Kaufpreis-Vorschlag‹ und zusätzlich das Kürzel ›b. R.‹, als ob ein Vorschlag je ohne Rücksprache und ohne die Zustimmung von Mühlmann an den Vorstand gegeben worden wäre.

»Ich habe dir die Kopie in dein Büro gebracht und in den Posteingang gelegt.« Gabriele stand auf und Benno folgte ihr.

»Da ist nichts«, sagte er. »Du brauchst nicht im Eingangskörbchen nachzusehen.«

»Soll das heißen, ich hätte die Unterlagen verschlampt?«

Benno hob die Arme.

»Hier!«, sagte Gabriele mit deutlicher Genugtuung in der Stimme, als sie den Posteingangskorb in Benno Büro durchwühlt hatte. Sie klatschte das Papier auf Bennos Schreibtisch und ging.

Benno setzte für Sekunden aus zu leben.

Der Posteingang war von heute. Gestern Abend hatte er alle Eingänge bearbeitet, das Fach war danach leer gewesen. Was Gabriele gefunden hatte, musste also erst heute hinein und zuunterst gelegt worden sein. Nur, von wem? Benno verdrängte die Frage. Der Auftrag war da und er in der Pflicht. Mit Gabriele würde er später reden.

Benno rief Fischer an. Ein Kaufpreis für den möglichen Erwerb von KPL sei zu ermitteln, formulierte er den Auftrag. Fischer lachte freundlich. Seine Mitarbeiter hätten mit den aktuellen Marktanalysen genug zu tun. KPL? Nächste Woche – vielleicht.

Mit Fischers Absage war die rechtzeitige Abgabe der Vorlage unmöglich. Ohne Aussagen, bis zu welcher Höhe ein Kaufpreis noch wirtschaftlich war – und dafür war nun mal Fischer zuständig –, würde der Vorstand keine Entscheidung treffen können. Einer würde dann aufgehängt werden, und das wäre Benno, der den Auftrag vier Tage lang in seinem Posteingangsfach hatte liegen lassen. Gabriele würde das notfalls bezeugen.

»Alex«, sagte Benno und legte den Telefonhörer in die andere Hand, um am Computer weiter arbeiten zu können, »ich brauche für die Abschätzung eines Kaufpreises für die KPL deine Hilfe. Herr Fischer sagte mir eben, ihr seid mit Marktanalysen voll beschäftigt. Und jetzt ich und ausgerechnet heute noch.«

»Kein Problem«, sagte Alex.

»Wie bitte?«

»Ich habe meinen Teil vorgestern abgeliefert.«

»Aber Herr Fischer hat mir gesagt…»

»Der hat doch längst den Überblick verloren«. Alex erging sich in Details, wie Fischer die Arbeit auf die Willigen verteilte, wenn die Unwilligen Überlastung vorschützten. Über die KPL habe Fischer auch schon gesprochen, aber nur so zwischen Tür und Angel.

Benno lenkte das Gespräch auf seinen Auftrag zurück und las Alex Daten aus den Unterlagen vor, von denen er glaubte, dass Alex sie für seine

Berechnung benötigen würde. »KPL berät unsere Kunden«, stellte Benno fest, »warum kaufen wir sie dann?«

»Damit die Konkurrenz sie nicht kauft und unsere Kunden zur Konkurrenz berät«, antwortete Alex. »Du bist doch sonst nicht so begriffsstutzig.«

Benno senkte den Kopf und schloss die Augen. In seinem Kopf war die lähmende Leere, ein Nebel, der keine konkreten Gedanken zuließ.

»Ich komme nach dem Essen in dein Büro«, sagte Alex. »Oder besser: Wir treffen uns schon in der Kantine.«

Marie Luise wachte auf, als Benno kurz vor Mitternacht ins Bett ging. Er begann mit einer Erklärung für sein spätes Kommen, aber sie bemerkte lediglich, sie habe bereits geschlafen und drehte sich auf die Seite.

Benno lag noch eine ganze Weile wach und grübelte über den verzögerten Posteingang nach. Gabriele war zu einer solchen Hinterhältigkeit nicht fähig, zumal sie auch nicht wissen konnte, ab wann er nach den Unterlagen suchen würde. Theoretisch könnte es jeder aus der Abteilung gewesen sein, die neue Kollegin, Anna, ausgenommen, weil sie nach vier Wochen in der Abteilung weder die Kontakte für eine Intrige haben konnte, noch um sich die notwendigen Feindbilder geschaffen zu haben. Es musste jemand sein, der einen Vorteil aus der Sache ziehen konnte. Ungscheid hatte das nicht mehr nötig – jetzt nicht mehr, aber vor vier Tagen vielleicht, als der Bewertungsausschuss noch nicht über seine Eingruppierung in eine höhere Gehaltsstufe entschieden hatte? Klaus Mertens, Christian Becker, Ulli Hoffmann oder Andreas Ludwig, allesamt Zitronen wie er selbst? Bis auf Christian nahmen sie alle die frühabendlichen Sprechstunden bei Direktor Mühlmann wahr.

Benno legte sich auf Ungscheid fest, die Quasi-Hure, ohne konkrete Anhaltspunkte zu haben, sozusagen aus Mangel an Beweisen.

Irgendwann im Sinnieren schlief er ein.

Am Montag klingelte bereits das Telefon, als Benno sein Büro betrat. Gabriele bestellte ihn zu Mühlmann ein.

Er sah Mühlmann den Grund der eiligen Rücksprache nicht an.

»Am Samstag war das jährliche Treffen der Führungskräfte mit dem Vorstand«, eröffnete ihm Mühlmann.

Benno nickte mechanisch. Unter den Mitarbeitern wurde wie ein Geheimnis behandelt, dass Brockstädt, der Vorsitzende des Vorstands, jedes Jahr ein Gartenfest veranstaltete. Die Eingeladenen behielten diese Ehre gewöhnlich für sich.

»Herr Brockstädt hat in seiner Ansprache seinen Eindruck über nachlassende Qualität der Entscheidungsvorlagen erwähnt, erst am Freitag habe er in Sachen KPL eine Empfehlung bekommen, die am Thema vorbei gegangen sei. Er hat keinen Namen genannt.«

Auch ohne die Erwähnung eines Namens fühlte sich Benno schlagartig vernichtet. Das Gefühl, klein, unbedeutend und unwissend zu sein, füllte ihn aus, diesmal mit einer ganz anderen Heftigkeit als sonst, wenn er Mühlmanns Büro nach einer Rücksprache verließ.

»Ich habe versucht, Sie in Zürich zu erreichen«, sagte Benno. »Gabriele – Frau Maibach – hat keine Verbindung bekommen. Sie hatten ihr Mobiltelefon ausgeschaltet.«

»Der Kaufpreisvorschlag – 450 Millionen – war der mit Herrn Fischer besprochen?«

»Ich gehe davon aus«, sagte Benno. »Herr Pohlberg hat den Betrag kalkuliert. Er hat gemeinsam mit mir die Ansätze für die Kalkulation festgelegt.«

»Und warum haben sie die Empfehlung nicht wie üblich mit mir abgestimmt?«

Benno schwitzte. Wie der Zeitdruck entstanden war, konnte er unmöglich erwähnen. »Es ging diesmal – ausnahmsweise – alles sehr schnell. Herr Hochstätter rief an und machte Druck, er wollte die Vorlage für die heutige Vorstandssitzung bereits am Donnerstag, obwohl – es gab eigentlich keine ausdrückliche Terminvorgabe. Und sie waren nicht erreichbar.«

»Ich habe Verhandlungen geführt«, sagte Mühlmann und senkte die Stimme, »um den schweizerischen Markt zu erschließen. Den wollen wir nicht den Italienern überlassen. Da muss es doch möglich sein, ein paar Stunden ungestört zu bleiben.«

»Was hatte Herr Brockstädt denn auszusetzen?«

»Das Ganze steht und fällt mit dem Konkurrenzangebot. Man spricht von 500 Millionen.«

Benno schluckte. »Das wusste ich nicht«, sagte er mit belegter Stimme. »Das wirft die Überlegungen von Herrn Pohlberg und mir zum Einspareffekt bei Eingliederung der KPL in unseren Beratungsservice über den Haufen. Dann bekäme der Kauf eine rein strategische Bedeutung.«

»Das sah Herr Brockstädt genauso«, sagte Mühlmann.

»Woher sollte ich denn von dem Konkurrenzangebot wissen?«

»Ich hätte es Ihnen sagen können«, antwortete Mühlmann.

Benno verkniff sich die Frage, aus welchem Grund Mühlmann ihn über das Konkurrenzangebot nicht unterrichtet hatte. Schließlich lag das Versäumnis nicht bei Mühlmann, Benno hatte nachweislich drei Tage lang Zeit gehabt, mit Mühlmann die Details der Vorstandsvorlage abzusprechen. Wer hatte ihm diese drei Tage gestohlen?

Benno verabredete sich mit Christian Becker zum Essen in der Kantine. Nicht, dass er erwartet hätte, von Christian einen Hinweis zu bekommen, wer ihm übel mitgespielt hatte; Benno brauchte jemanden, um sich den Frust von der Seele zu reden. Er vertraute Christian, zumindest so lange, bis der gegenteilige Beweis erbracht war. Benno hatte auch das Verhältnis zu Gabriele immer gepflegt, denn sie verwaltete den Zugang zu Mühlmann und kannte nützliche Informationen. Einmal hatte sich Gabriele allerdings nicht kollegial verhalten, als er eine vergessene Kopie der vertraulichen Neuorganisation auf dem Kopierer fand und, als er Gabriele die Kopie ins Büro brachte, ein noch leeres Abteilungskästchen mit einem Namen füllte – ein Vorschlag, den Benno nur deswegen aus dem Stegreif erfand, weil er absurd war. Einen Tag später musste er sich bei Mühlmann für den spontanen Scherz rechtfertigen. Gabriele hatte getratscht. Warum sich Mühlmann mit der Sache überhaupt beschäftigte, wurde Benno erst klar, als er hörte, dass der von Benno gebrauchte Name ein Corpsbruder von Mühlmann aus Studententagen war.

Das Mittagessen mit Christian beruhigte Benno, wie er sich das erhofft hatte. Tatsache war, dass Mühlmann Ideen hatte, auf die sie ohne die angeordneten Rücksprachen mit ihm nicht gekommen wären, ebenso wie seine häufig angewandte Methode, seinen Mitarbeitern die Gehirne zu verbiegen, um sie auf seine Gedankengänge einzuschwören, als säßen sie beim Friseur unter der Haube. Mühlmann wüsste nun einmal durch seinen unmittelbaren Kontakt zum Vorstand mehr, meinte Benno, und diesen Informationsvorsprung würde er weidlich ausnutzen, ganz abgesehen davon, dass Mühlmann intelligent und darum nicht zu unterschätzen sei. Mühlmann sei eben eine Hure.

Benno erklärte Christian, was er unter einer Hure und was unter einer Zitrone verstand. Nicht jeder Vorgesetzte sei automatisch eine Hure, und Zitronen würden nur dort gedeihen, wo eine Hure herrsche. Nach diesem Lehrsatz seien Mühlmanns Mitarbeiter allesamt Zitronen. Während Zitronen mit der Erledigung der Aufgaben überlastet seien und kaum zum Nachdenken kämen, würden Huren bei allem, was sie täten, den Einfluss auf ihre Karriere abwägen.

Mühlmann habe doch bereits Karriere gemacht, wandte Christian ein, über ihm gebe es nur noch den Vorstand, und den könne Mühlmann nicht erschlagen, um ganz nach oben zu rücken.

»Nimm meine Theorie nicht wörtlich«, sagte Benno. »Nach fünfzehn Jahren in diesem Unternehmen bildet sich womöglich eine Schizophrenie heraus.«

»Und du – warum suchst du dir keinen neuen Job?«, wollte Christian wissen.

»Ich soll mich nach etwas anderem umschauen?« Benno hob abwehrend die Hände.

Die Italien-Kooperation – zwei Kraftwerke – war in den letzten Jahren zu einem Selbstläufer geworden, die Strompreise schluckten auch ohne besondere Anstrengungen zu Einsparungen die Kosten und machten Bennos regelmäßige Kalkulationen, die Budgets, das Analysieren und Berichten nach oben zur Routine. Entbehrlich, dachte Benno, und erinnerte sich wieder.

»Ich bin eben der Spezialist für Italien«, antwortete er Christian.

Marie Luise arbeitete in einer Behörde, führte morgens und nachmittags den Hund aus und besorgte den Haushalt. Das war ihre Routine. Es überraschte Benno, dass Marie Luise schon nach wenigen Tagen auffiel, dass er noch schweigsamer als gewöhnlich sei. Sie behauptete, es müsse etwas vorliegen und erwähnte die Beförderung von Ungscheid, über die sie zuletzt gesprochen hatten.

Benno hätte sich mit der KPL herausreden können und mit seiner Vermutung, wie einer seiner Kollegen ihm übel mitgespielt hatte. Stattdessen dachte er an Jochen Marquardt und die Häufigkeit, mit der sich Marie Luise mit Jochen im Tennisclub verabredete. Das war das allgemein anerkannte Privileg der Frau. Ihr gebührte der Freiraum, Treue inbegriffen, wenn sie sich ansonsten nach der Arbeitszeit ihres Mannes richten musste. Benno scheute sich, mit Marie Luise seine Theorie über Huren und Zitronen zu erörtern. Auch Marquardt war eine Hure. Ob Marie Luise das verstehen würde? In ihrem Amt gab es weder Huren noch Zitronen, dafür waren die Stellen zu üppig besetzt und die Aufstiegschancen zu reglementiert. Das Amt bestand im Wesentlichen aus Fallobst, an vielen Stellen angefault. Marie Luise hatte schon seit längerem nicht mehr über den hohen Krankenstand und die damit verbundenen Vertretungen geklagt, fiel Benno in diesem Moment ein.

»Und?«, fragte Marie Luise.

»Was gibt es eigentlich Neues bei dir im Amt?«

»Nichts – oder doch: Einige kommen morgens jetzt früher, schon um sieben Uhr, und sitzen die Zeit bis

zur Frühstückspause Zeitung lesend ab. Die ange-
sammelten Stunden machen sie freitags oder montags
als Freizeit geltend. Andere vereinbaren Freitagmittag
einen Außendiensttermin und sind dann verschwunden, lassen aber die Uhr weiter laufen. Das sei Betrug,
hat der Amtsleiter bei der letzten Mitarbeiterbesprechung festgestellt. Der Renner sind nach wie vor
Rückenschmerzen, die für vier bis sechs Wochen
Krankenschein gut sind. Rückenschmerzen bekommt
doch jeder, der jahrelang bewegungslos am Schreibtisch sitzt.«

Benno dachte über das kleinere Übel nach, sich mit
Marie Luise über ihren Frust im Amt oder seinen in
der Firma zu unterhalten. Er entschied sich für Marie
Luise. Sein Dilemma war zu ambivalent und hätte zu
der Frage von Sein oder Nichtsein geführt, oder
einfach zu einer ehrlichen Antwort auf Christians
Frage beim Mittagessen.

»Gibt es Konsequenzen bei euch?«

Marie Luise schüttelte den Kopf. »Da bleibt nur
die Kündigung.«

Benno versuchte sich erst gar nicht vorzustellen,
welche Veränderungen in seinem Leben ein solcher
Schritt verursachen würde. Ob mehr Tennisclub für
sie die Folge sei, wollte er fragen, hielt sich aber
zurück.

»Tu das, was für dich das Beste ist«, sagte er und
schämte sich dafür. Es wäre sicherer, das Gespräch
auf sein Terrain zu verlegen, überlegte er, wegen
seiner eigenen Sinnkrise und der damit verbundenen

Unwägbarkeiten, selbst wenn ihm Marie Luise ohne Vorbehalte sagen würde: Such dir etwas anderes. Wer Italien konnte, beherrschte auch andere Projekte, das war ihm durchaus klar. Beliebig viele gab es davon nicht – Nordeuropa und Österreich, auf denen Christian Becker und Klaus Mertens fest saßen. Ob er die Wäsche machen, das Haus putzen und einkaufen gehen würde? Das war eine nicht auszuschließende Möglichkeit am Ende aller Entwicklungen, die Konsequenzen aus dem KPL-Projekt mit eingeschlossen.

»Irgendwie geht's immer«, sagte Marie Luise.

Sicher, dachte Benno, sofern man wüsste, für was und für wen. Er brummte seine Meinung so undeutlich, dass Marie Luise ihn nicht verstehen konnte.

Der Auszug aus dem Protokoll der Vorstandssitzung kam am Mittwoch. Da die Vorlage nicht alle relevanten Fragestellungen erschöpfend beantworte, wurde die Entscheidung über ein Kaufpreisangebot für die KPL vertagt, hieß es zur Begründung. Bennos Ohren brannten beim Lesen, als habe er die Ohrfeige tatsächlich erhalten. Brockstädt hatte auf dem Führungskräftetreffen keinen Namen genannt, doch jedem musste klar gewesen sein, dass die kritisierte Vorstandsvorlage von einem Mitarbeiter aus Mühlmanns Bereich verfasst worden war.

Benno rief Hochstätter an. Ruhig fragte er, was denn noch zu tun sei, um dem Vorstand die Entscheidung zu ermöglichen. Nichts Konkretes, antwortete Hochstätter, Herr Brockstädt habe lediglich erklärt, die Sache selbst in die Hand nehmen zu wollen. Ohne Konzepte, Ausarbeitungen und Bewertungen?, erkundigte sich Benno erstaunt. Das liege in der Entscheidung von Herrn Brockstädt, war Hochstätters lakonische Antwort, die Bewertung würde dann Herr Fischer machen.

Benno verkniff sich den Hinweis, Fischer habe nach eigener Aussage keine Zeit für KPL. Fischer würde selbstverständlich Brockstädts Auftrag ohne Rücksicht auf andere Aufgaben erledigen lassen. Benno wandte ein, zu den strategischen Faktoren, also zu allem, was nicht unmittelbar in Ertrag und Gewinn darstellbar sei, könne Herr Fischer wenig sagen. Hochstätter blieb unbeeindruckt. Für die Wirtschaftlichkeit sei nun mal Herr Fischer zuständig.

Gegen Zuständigkeiten konnte man nicht argumentieren.

»Alex«, sagte Benno, »ich habe gerade mit Herrn Hochstätter telefoniert. Wegen KPL soll Herr Fischer was für den Vorstand bewerten. Hast er dir schon den Auftrag gegeben?«

»Ich habe im Augenblick ein Gespräch in meinem Büro«, antwortete Alex. »Kann ich sie gleich zurückrufen?«

Benno legte nach kurzem Zögern auf. Na klar, Fischer musste im Augenblick seines Anrufs bei Alex Pohlberg im Büro gestanden haben. Fischer ließ rechnen – das war sein selbstverständliches Recht als Chef –, konnte aber die ihm vorgelegten Ergebnisse nicht immer wirklich beurteilen, wie Alex gerne süffisant bemerkte.

»Kannst du ihm nicht plausiblen Schwachsinn unterjubeln, damit er endlich auf die Schnauze fällt?«, fragte Benno, als Alex zurückrief.

»Gerne«, antwortete Alex, »wenn du mir anderweitig einen guten Job besorgen kannst.«

»Besser nicht. Wer weiß, was mit mir passieren würde, wenn ich dann auf deinen Kollegen Steckrath angewiesen wäre.«

»Alex lachte. »Der macht jeden Tag bis zu zwei Stunden Mittagspause und hat, seit er vor einem halbem Jahr eingestellt wurde, noch keine Analyse zu Ende gebracht. Ohne dass Herr Fischer das bisher bemerkt hat.«

Benno wunderte sich, wie Alex unter diesen Umständen noch vernünftig arbeiten konnte. »Was hältst du davon, wenn wir heute Abend ein Bier trinken gehen?«, fragte er.

Benno konnte sich genau erinnern, wie er mit Alex im Taxi auf der Rückbank saß und dem Fahrer mit schwerer Zunge Anweisungen gab, wo er abbiegen musste. Bei zwanzig Euro stieg Alex aus, bei dreißig Euro auch Benno, der den verbleibenden Kilometer ohne Geld und schwankend zu Fuß zurücklegte und sich dabei wunderte, wie rege und zielgerichtet er dachte, obwohl er nicht die vollständige Kontrolle über seinen Gleichgewichtssinn hatte.

»Ich bin eine Zitrone!« schrie er und trat in den

Rinnstein. Zugleich mit diesem Ausbruch war ihm klar, dass er Ruhe geben musste, wenn er nicht in einer Ausnüchterungszelle landen wollte. »Ich bin eine Zitrone«, brabbelte er weiter vor sich hin und orientierte sich in der Vorwärtsbewegung an der fortlaufenden Kante des Bürgersteiges, immer in Gefahr, auf die Fahrbahn zu geraten.

»Ich bin keine Hure«, sagte Marie Luise.

Benno konnte überhaupt nichts denken und noch nicht einmal fragen, was denn Marie Luises Aussage bedeutet. Er konnte sich nicht erinnern, mit Marie Luise in dieser Nacht seine Theorien erörtert zu haben.

»Wisch die Kotze auf«, sagte Marie Luise so bestimmend, dass Benno zuckte. »Den Läufer kannst du in die Waschmaschine tun, bei 30°. Zieh dich aus und gehe duschen. Ich rufe in der Firma an, dass du heute nicht kommst.«

Das schlechte Gewissen trieb Benno am Nachmittag ins Büro. Es wurde durch das unerwartete Erscheinen nicht besser; die wohlmeinenden Nachfragen der Kollegen nach seinem Befinden verstärkten die Peinlichkeit. Hinzu kam, dass er nicht wusste, welchen Grund Marie Luise am Telefon für seine Unpässlichkeit genannt hatte. Zu Gabriele sagte er, nach den Tabletten sei das Fieber rasch zurückgegangen, worauf sie erstaunt fragte, ob denn sein verstimmter Magen die Tabletten überhaupt vertragen habe, sie sei in dieser Hinsicht sehr vorsichtig und lese aufmerksam die Beipackzettel zu den Medikamenten durch.

Benno verlegte intuitiv die Krankheitsursache weiter nach unten in den Darm. Damit hatte er den Magen entlastet und das Fieber nicht erklärt. Gabriele erkundigte sich nicht weiter, dafür hörte Benno die Leidensgeschichte einer von Migräne geplagten Frau. Weil Gabriele geschieden war, brachte er für sie mehr Anteilnahme als gewöhnlich auf. Endlich war es Mühlmann, der Benno erlöste, in dem er seiner Sekretärin über die Freisprechtaste den Auftrag gab, ein Schreiben sofort zu kopieren und heute noch zu verteilen. ›Heute noch‹ war ein gängiges Mittel, falls man sich darauf berufen wollte, den Empfänger rechtzeitig informiert zu haben, auch wenn er nicht im Büro war. Hauptsache zugestellt. Weil niemand über einfache Formalien stolpern wollte, wurde das Heute-noch-verteilen täglich praktiziert.

»Ich hatte die Scheißerei«, sagte Benno unaufgefordert, als Christian in sein Zimmer trat.

Christian hob abwehrend die Hände. »So ordinär heute? Ich dachte, dir läge was im Magen.«

»Hast du schon mal eine richtige Intrige erlebt, also nicht nur in Filmen und Romanen?«

Christian zögerte. »Ich denke, nein.«

Das Telefon klingelte. Benno entschuldigte sich bei Christian mit einer Kopfbewegung, die eine unpassende Störung symbolisieren sollte, und nahm ab. »Nicht jetzt«, sagte er nach einer Weile. »Ich bin in einer Besprechung.«

»Meine Mutter«, sagte er im Auflegen des Hörers.

»Wegen mir hättest du sie nicht abhängen müssen.«

»Und warum bist du dann hier?«

»Entschuldige die Belästigung.«

Benno holte Christian auf dem Flur ein und versperrte ihm den Weg. »So war das nicht gemeint. Seit mir diese KPL-Sache angehängt wurde, läuft alles schief.«

»Also kannst du Aufmunterung gebrauchen.«

»Ein Sprengsatz wäre mir lieber.«

»Unter welchem Stuhl willst du ihn montieren? Unter Mühlmanns etwa? Das ist aussichtslos. Der hat so etwas wie einen Schutzschirm – sobald du sein Büro betrittst, fliegst du mit der Bombe in die Luft.«

Benno winkte ab. »In fünfzehn Jahren denkst du genau wie ich. Ob hier oder in einem anderen Laden. Das holt dich überall ein wie eine unausweichliche Lebenserfahrung.«

»Das mag sein. Wenn es so unausweichlich ist, wie du behauptest, ist es doppelt wichtig, jede Freude zwischendurch zu genießen. Auch wenn es nur die Freude an unbestätigten Gerüchten ist.«

Benno wollte gehen, aber Christian hielt ihn am Arm zurück.

»Ich brauchte doch einen Nachmieter für meine Wohnung, als ich vor zwei Jahren mit Sabine zusammengezogen bin. Frau Maibach suchte zu der Zeit eine Wohnung. Sie hatte sich gerade getrennt.«

»Gabriele?«

»Sie gibt ihm für die Mittagspause den Wohnungsschlüssel«, sagte Christian, »damit er dort seine Freundin treffen kann. Wenn ich es mir recht überlege, kommt es mir vor, als würden sie es in meinem Schlafzimmer treiben.«

»Mühlmann?«

»Unsinn! Ungscheid.«

Benno beneidete Ungscheid nicht. Auf der Feier zu Mühlmanns 55. Geburtstag hatte er schon bemerkt, wie oberflächlich Ungscheid mit seiner Frau umging. Ihr Gesicht fiel neben Ungscheids Schnauzbart und seinem voll gewellten Haar ab. Da lag es sozusagen auf der Hand, dass Ungscheid auch noch ein Verhältnis hatte.

Ein Anruf von Gabriele holte Benno in die Arbeit zurück. Schon wieder einmal sofort zu Mühlmann. Was Mühlmann von ihm wollte, war Benno heute schnurz egal; wie üblich würde er jeden Auftrag von Mühlmann so schnell wie möglich erledigen und dafür notfalls auch seine Verbindungen nutzen, von denen Mühlmann keine Ahnung hatte.

Oder doch? Was wäre, wenn die persönlichen Beziehungen, wie er sie zum Beispiel zu Kröger und zu Pohlberg unterhielt, wenn die gegenseitigen Hilfestellungen, die Rettungsringe gegen das Absaufen eines Haufens gut bezahlter Zitronen bereits von oben für den Unternehmenserfolg fest eingeplant waren, als sozusagen innovativer Teil des Personalmanagements? Also Auspressen mit Fruchtfleisch! Dieser Gedanke machte Benno für einen Moment wütend.

Christian Becker steckte den Kopf durch die Tür. »Warst du eigentlich schon im Compliance-Seminar? Das wird im Gästetrakt abgehalten. Bestes Ambiente.«

»Geschenkt«, antwortete Benno. »Habe ich schon mal Kunden getäuscht, falsche Berichte verfasst, Informationen zurückgehalten?« Er schnippte eine imaginäre Fluse von seinem Revers. »Das positive Image des Unternehmens ist heilig, und so weiter. Lauter Regeln, Thesen, Dogmen, die mir irgendwie bekannt vorkamen. Achtes Gebot: Du sollst nicht falsches Zeugnis ablegen.«

»Du meinst – eine Art Ersatzreligion?«

Benno nickte. »Wobei die hauptsächlichen Punkte schon durch die Erziehung abgedeckt sein sollten. Darauf vertrauen sie scheinbar nicht mehr.«

»Hast du den Kursus, den sie zur Compliance ins Intranet eingestellt haben, schon durchgearbeitet?«

»Das Seminar war doch erst gestern. Ich weiß, die nerven dich solange mit Erinnerungen, bis du es einfach machst. Dafür gab es Neuigkeiten zu der geplanten unternehmensweiten Mitarbeiterbefragung. Anonym, selbstverständlich verpflichtend, aber über die Fragen, die gestellt werden, entscheidet der Vorstand. – Ich muss jetzt schleunigst zu Mühlmann.«

Bei Gabrieles Anblick fiel Benno auf dem kurzen Weg durch das Sekretariat wieder Ungscheids Verhältnis ein. Womöglich zwischenzeitlich auch mit Gabriele und womöglich auch der Grund für Gabrieles Trennung. Die Vermutung schmerzte ihn, weil er sich bis heute für den Kollegen hielt, dem Gabriele das größte Vertrauen schenkte. Und umgekehrt.

Ob er bei Gabriele hätte sollen? Benno wies den Gedanken weit von sich. Auf diese Weise wollte er sich nicht zur Hure machen, eher schon mit Claudia, seiner Mixed-Partnerin beim Tennis. Das wäre ein Seitensprung ohne berufliche Verquickung gewesen.

Benno blieb vor Mühlmanns Bürotür stehen und drehte sich zu Gabriele um.

»Ich möchte mal wieder zu meinen Eltern aufs Land fahren und in den Schweinestall gehen.«

»Und was willst du da?« Gabriele verzog spöttisch die Lippen.

»Ruhig dem Grunzen und Quieken der Schweine zuhören. Das ist natürlich, sozusagen unverfälschte Realität.«

»Das geht doch gar nicht – die Realität verfälschen.«

Benno lachte und klopfte an Mühlmanns Tür.

Der Mann auf der Brücke

Noch bevor Benno die Haustür hinter sich schließen konnte, stupste Ricki ihn mit der Nase an die Hand und winselte eine kurze freudige Begrüßung. Benno tätschelte Ricki, kraulte ihr das Fell hinter den Ohren, griff ein paar Mal spielerisch nach ihrer Schnauze und wich ihrem Schnappen geschickt aus. Wie jeden Tag, wenn er von der Arbeit nach Hause kam, stellte er Fragen nach ihrem Befinden und beantwortete sie selbst.

Während Benno den Mantel über den Bügel schob und dann in den Kleiderschrank hängte, das Jackett, das Hemd und die Krawatte gegen ein Polo-Shirt tauschte, redete er meistens über das Wetter, wobei Ricki, wenn sie nicht durch das Zimmer lief, den Kopf schief hielt und den Eindruck erweckte, als könne sie Benno verstehen. Manchmal redete Benno auch über das Büro. Das Umziehen nahm dann mehr Zeit in Anspruch als sonst, wenn er sich unvermittelt auf das Bett setzte und den Blick einige Minuten stumm in die verspiegelte Schiebetür des Kleiderschrankes versenkte. So wie heute.

Jeden Tag ging er mit Ricki den gleichen Weg. Vor dem Haus auf der anderen Straßenseite erstreckte sich ein Feld bis hin zu den Gärten von Einfamilienhäusern. Ricki durfte durch die erst Gras hohe Wintergerste jagen, bis sie sich hingehockt und ihr Geschäft erledigt hatte. Benno rief sie mit einem Pfiff zurück und leinte sie an. Links die Straße hinunter gelangten sie in ein kleines Wäldchen, überquerten ein angrenzendes Bahngleis und nahmen den Weg bis an den Fluss. Sie folgten dem Leinpfad, der bis zur stillgelegten Eisenbahnbrücke führt, um über die Brücke auf das andere Ufer zu wechseln.

Ein Vogelschrei wehte wie der Hilferuf eines ertrinkenden Kindes über das Wasser. Vom anderen Flussufer kreuzte ein Reiher den Weg einiger Krähen, die gemächlich einen Bogen bis zum Ufer schlugen und dann unruhig im Gras stolzierten. Sie spüren die Nähe des Hundes, dachte Benno. Der Hund sprang auch gleich einige Sätze vorwärts und trieb die Krähen zurück in den Himmel. Ob er um die Vergeblichkeit seines Jagdeifers wusste? Trotzdem suchte er immer wieder diese eine Chance unter Tausend, die ihm nur ein kranker Vogel gewähren würde.

Benno bemerkte das Aufglimmen einer Zigarette in der Dämmerung und sah erst dann den Mann, der sommerlich leicht nur mit einer Windjacke bekleidet den Oberkörper an das Brückengeländer lehnte. Benno ging, wie das hier üblich war, grußlos vorbei; nicht, ohne diesen einen Gedanken zu denken und das aufkommende Schwindelgefühl sofort zu verdrängen.

Als Benno auf dem Rückweg den Mann zum zweiten Mal sah, lag er auf dem Rücken. Aus den Haaren war seitwärts Blut auf die Riffelbleche des Fußgängerübergangs geflossen. Ricki war plötzlich losgestürmt, ganz gegen ihre Gewohnheit, sich auf der Brücke bei

Fuß zu halten; sie hatte gebellt und den leblosen Körper beschnüffelt.

Der Mann war tot. Oder? Benno beugte sein Ohr auf die Brust des Leblosen. Was er hörte, schien ihm der eigene, aufgeregte Herzschlag zu sein. Er griff nach dem Puls, wechselte mehrfach die Stelle am Handgelenk, bis er glaubte, das Herz unter seinem Daumen arbeiten zu fühlen.

Der Mann lebte noch. Dieser Umstand verkomplizierte die Situation. Einen Toten konnte er liegen lassen, die Polizei informieren und den Formalkram über sich ergehen lassen. Einem Schwerverletzten musste er Erste Hilfe leisten – davon hatte er so gut wie keine Ahnung; den Kopf hochlegen, erinnerte er sich, und die Zunge dürfe nicht in den Hals rutschen. Indem er vorsichtig den Kopf des Verletzten hochhob, schlug der Mann die Augen auf.

»Sind sie gestürzt?« fragte Benno. »Soll ich einen Krankenwagen holen?«

Der Mann richtete sich auf und stöhnte. Er befingerte die blutverklebte Stelle zwischen den Haaren, betrachte die verschmierten Finger und wischte sie an der Hose ab. Benno ließ den Mann los, als er glaubte, dass der seinen Oberkörper im Gleichgewicht halten konnte. Der Mann zog ein Taschentuch hervor und presste es an den Kopf.

»Sie könnten die Wunde damit infizieren«, warnte Benno.

Der Mann legte die Hände mit dem Taschentuch vor das Gesicht. Ob er weinte? Benno verschloss sich instinktiv bei dem Gedanken an die unausweichliche Anteilnahme. Ein weinender Mann war noch schlimmer als ein verletzter, denn dass er die Erste-Hilfe-Regeln nicht beherrschte, würde man ihm nicht zum Vorwurf machen können, auch nicht seine mangelnde Sportlichkeit, wenn es darum ging, Leben im Sekundenwettlauf bis zum nächsten Telefon zu retten.

Benno griff nach dem Arm des Mannes, ließ ihn aber sofort wieder los. »Kann ich Ihnen helfen?« Niemand würde ihm helfen können, befürchtete Benno die stereotype Antwort, dann würden die Vorwürfe kommen, berechtigt oder unberechtigt, die Frau, die Arbeit, die ganze Leier, gegen die das Reden machtlos war, aber gegen die geredet werden musste, weil erst nach dem Reden die Chance auf Einsicht bestand, und auf Verbesserung. Benno hatte zwölf Jahre Erfahrung und so musste er den inneren Widerwillen gegen das Reden überwinden, um die Frage zu wiederholen.

»Helfen sie mir auf die Beine«, bat der Mann.

Benno griff dem Mann unter die Achseln und zog ihn hoch. Einen kurzen Moment standen sie Brust an Brust wie zwei Freunde in der Umarmung. Benno konnte jetzt die Tränen sehen.

»Was ist passiert?« Benno trat einen Schritt zurück. Er glaubte, Alkohol gerochen zu haben. Auch das noch. Denen war ohnehin erst dann zu helfen, wenn sie ganz unten – sozusagen am Ende – angekommen waren. Er selbst brauchte keinen Alkohol, um sich zu betäuben, er konnte einfach die Augen schließen und sich in seine Welt zurückziehen, und wenn er die Augen wieder öffnete, sah er sich in einem hell gekachelten Raum leben, ohne jede Einrichtung.

»Nichts«, sagte der Mann. Mit unsicheren Schritten ging er an Benno vorbei zum Brückengeländer. »Sonst wäre ich dort.« Das Spillenburger Wehr lag keine fünfhundert Meter flussabwärts. In der beginnenden Dunkelheit war es von der Brücke aus nicht mehr deutlich zu erkennen.

Ricki drängte sich an Bennos Beine. Der Hund wollte weiter, auf der Brücke gab es keinen Auslauf und nichts zu riechen. Benno streichelte das Tier am Hals bis zum Rücken, ohne den Mann aus den Augen zu lassen.

»Soll ich sie zu einem Arzt bringen? Wahrscheinlich haben sie sich eine Gehirnerschütterung zugezogen.«

»Ich bin auf – am Geländer ausgerutscht und nach hinten gefallen. Machen sie sich keine Umstände.«

Benno hätte antworten können, dass die Umstände schon eingetreten seien, andererseits war jetzt eine gute Gelegenheit, sich zu verabschieden. Der Mann lebte und lehnte weitere Hilfe ab. Warum sollte er sich aufdrängen? Marie Luise hatte nicht gezögert, als er ihr sagte, sie könne gehen, wenn sie wolle. Wie man das so sagt, mehr rhetorisch und in der Annahme, das Gegenüber sei unschlüssig und traue sich nicht. In der Nichtannahme des Vorschlags lag die von ihm beabsichtigte Fessel. Marie Luise hatte ihn stattdessen beim Wort genommen. Zu der Zeit sagte er schon lange nicht mehr Marlu. Er hätte es gerne wieder gesagt, wenn sie ihm entgegen gekommen wäre. Die Wärme war es, die er entbehrte.

Benno atmete tief durch. »Frauen?« fragte er. »Wollten sie wegen einer Frau springen?«

Frauen gäbe es wie Sand am Meer, hatte ihm Werner die Hand auf die Schultern geschlagen. Unter anderen Umständen hätte Benno, angetrunken, nicht mit dem Platzwart am Tresen im Vereinslokal gestanden. Im Tennisverein hatte es soeben die Runde gemacht, dass Marie Luise ihn verlassen hatte. Ihr Weggang hinterließ nach der oberflächlichen bürgerlichen Ordnung im Verein einen Makel – man verzieh sich, eine Affäre auch großzügig, aber man verließ sich nicht. Claudia hatte beschäftigt getan, als er sie zu einem Spiel aufforderte, dabei war sie es, die sich gerne mit ihm verabredete und sich nach einem gemeinsamen Sieg im Mixed so fröhlich an ihn drängte, dass Benno sich fragte, ob sie eine gute Freundin oder ob ihre Natürlichkeit berechnend war und er eine Gelegenheit ausschlug.

»Entschuldigung, ich bin Ihnen hoffentlich nicht zu nahe getreten«, sagte Benno. Der Mann nahm das Taschentuch und schnäuzte hinein, zwischen die blutverschmierten Stellen.

Ich beschäftigte mich schon zu lange mit ihm, dachte Benno. Eben, bei dem Gedanken an Marie Luise, erfasste ihn für einen Augenblick die Stimmung, die er für überwunden hielt. Er hatte nicht gekämpft, eher erduldet und verbissen an der Vorstellung von einem anderen, einem mehr erfüllten Leben festgehalten. Eine Hoffnung, die er mit nichts begründen konnte und die darum mehr eine Sehnsucht war. Schließlich war er allein übrig geblieben. Einfach so.

»Manchmal sieht man keinen Ausweg mehr«, sagte Benno. »Irgendwie geht es dann doch weiter. Wie es funktioniert, weiß ich nicht; nur dass es geht.«

Der Mann nickte. Benno glaubte jedenfalls, ein Nicken wahrgenommen zu haben.

»Als mich Marie Luise verlassen hat ...« Benno blieb das Wort im Hals stecken. Mit der rechten Hand fasste er das Brückengeländer, dann packte die Linke zu. Drehschwindel. Benno schloss die Augen. Er beugte den Oberkörper über das Geländer und öffnete dann vorsichtig die Augen wieder. Das Bild stand. Die Strömung formte schwarze Riefen in die Wasseroberfläche.

Sie hatte die Tür leise geschlossen, nicht mit pathetischem Donnerschlag. Lange danach hockte er am Wohnzimmertisch und leerte die angebrochene Flasche Wein, legte sich schließlich ins Bett und tat so, als könnte er einschlafen. Seine zornigen Gedanken mündeten in Warten, das Horchen auf Schritte auf den Steinplatten zur Haustür, wenigstens das Geräusch des in das Türschloss eingefädelten Schlüssels. Zwischen dem Warten stand er auf und suchte nach Dingen, die sie mitgenommen haben könnte, die Handtasche, das Portemonnaie im oberen Fach des ersten Küchenschranks. Er fand alles in aufreizender Ordnung an ihrem Platz.

Marie Luise erzählte ihm später nicht, wo sie in dieser Nacht gewesen war, und er wagte nie, sie danach zu fragen. Als er am frühen Abend aus dem Büro nach Hause kam, war die Ordnung im Haus verändert. Die Lücken in den Regalen, die leeren Fächer in den Schränken sprangen ihn an. Panikartig war er losgerannt, ohne den Hund, war hier an der Brücke angekommen und hatte sich an das Geländer gekrallt, Kopf und Oberkörper weit vornüber gebeugt, als sei er selbst der Ballast, den er abwerfen könne.

Das Bild vor Bennos Augen wurde unscharf, die Strömung begann sich strudelnd zu drehen, als dränge das Wasser angstvoll zurück zur Quelle, um noch einmal von vorne zu fließen und sich ein neues Bett zu suchen.

Benno schaute wieder hoch. Der Mann suchte fahrig in seinen Jackentaschen und holte eine zerknitterte Zigarettenpackung hervor, zerknüllte sie in der Faust und warf sie in den Fluss.

»Das war die letzte. Dazu diese Kopfschmerzen.« Der Mann schlug heftig gegen seine Ohren. »Die Metastasen sind auch schon überall.« Er griff nach Bennos Arm. Widerspruchslos ließ Benno zu, dass der Mann sich bei ihm abstützte, als er auf das Geländer kletterte.

Heiligabend

Benno stand am Fenster und schaute durch das Sprossengitter in die Dunkelheit. Aus dem Radio klangen glockenhelle Kinderstimmen, Posaunen, Violinen und Celli. Das Zimmer war angefüllt mit Feierlichkeit und er schluckte mehrfach, um die Atemnot loszuwerden.

Die Häuser auf der gegenüber liegenden Seite des Feldes waren weihnachtlich geschmückt. Zur linken Seite blinkten von bunten Glühbirnen eingerahmte Fenster. Die Beleuchtungen waren nicht nach seinem Geschmack. Benno glaubte nicht daran, dass es die Erinnerung an den Stern von Bethlehem war, der die Leute dazu brachte, vielfarbige Lichterketten anzustecken, sondern der durch die dunkle Jahreszeit angeregte Spaß am Licht. Vielleicht gab es auch einfach nur zu viele Steckdosen, Kabel und Glühbirnen.

Je länger Benno dem Farbspiel zusah, umso mehr verstärkte sich bei ihm das Geräusch von Münzen, die ratternd in ein Ausgabefach fielen. Zugleich wuchs seine Unruhe wieder und er wendete den Blick zu den Häusern auf der rechten Seite, wo leuchtende Pyramiden und Bögen in den Fenstern und endlose Lichtschläuche in den Bäumen Frieden und stilles Glück verhießen. Nachdem er einige Zeit unverwandt in diese Richtung geschaut hatte, wurde auch dieser Anblick für ihn unerträglich.

Links.

Rechts. Es war besser, nach rechts zu schauen und die Tränen laufen zu lassen und in Rührseligkeit zu ertrinken, dachte Benno. Als ob es nicht genug sei, begann es in diesem Augenblick zu schneien. Es hatte heute Mittag schon nach Schnee gerochen, aber er hatte nicht an Schneewetter glauben wollen, weil schon viele Jahre vorher Weihnachten mit fünf Grad und Nieselregen in feuchter Dunkelheit stattfand. Gewöhnlich sperrte er das Wetter einfach aus, in dem er ab fünf Uhr die Rollläden herunter ließ.

Den Schnee wollte er nicht aussperren. Der Schnee wusch die Natur rein, Schnee war jungfräulich, bis er zertrampelt und matschig wurde, und Schnee war vergänglich. Schnee brachte für ihn Unberührtheit und weiß in Verbindung.

Wie immer, wenn seine Überlegungen zu kompliziert gerieten, verschwanden sie in einer plötzlich entstehenden Leere des Kopfes, als gebe es dort ein schwarzes Loch, welches alle Gedanken aufsaugte. Übergangslos tauchte mit der Erinnerung an Marie Luises Brautkleid ein anderes Bild auf. Sogleich war er wieder gefangen von diesem besonderen Schnitt vom Dekolleté bis zur Taille. Die raffinierte Betonung der Unentschlossenheit zwischen Verhüllung und Enthüllung hatte ihn während der Trauung so beschäftigt, dass er eine Annullierung seiner Ehe für möglich gehalten hätte, wenn er in der Lage gewesen wäre, diese Art von Trance genau zu beschreiben. Natürlich kam ihm der Gedanke in dieser Klarheit erst später nach der Trennung. Da fand er ihn ebenso absurd wie das ihm vom Leben aufgezwungene Alleinsein. Diesen Zustand hatte er nicht gewollt und für seine Lebensplanung auch ausgeschlossen, schließlich liebte er Marie Luise, oder, um es genau auszudrücken, er war davon überzeugt, dass er sie liebte. Und für seine Überzeugungen war er immer eingestanden, das machte seine Gradlinigkeit aus.

Benno ging hinunter in den Keller. In der Waschküche lag der Weihnachtsbaum mit abgesägtem Fuß. Benno stieg mit einem großen Schritt über ihn hinweg und öffnete die Tür zum Abstellraum. In dem alten Kleiderschrank dort bewahrte er die Utensilien für die jahreszeitlichen Wechsel auf - Skischuhe, Bergschuhe, Osterschmuck, Adventskalender und zwei Kartons mit Weihnachtsschmuck, die heute schon oben im Wohnzimmer auf dem Esstisch standen. Benno nahm den Christbaumständer, stielte in der Waschküche den Baum ein und zog die Schrauben rundherum an. Aus der Hocke heraus versuchte er, mit den Augen ein Lot von der Spitze zum Christbaumständer zu fällen. Passt, dachte er. Oben im Wohnzimmer stand der Baum dann aber nur aus seinem Blickwinkel heraus gerade. Er lockerte die Schrauben, richtete den Baum noch einmal in der Senkrechten aus und zog die Schrauben wieder an, drehte den Baum im Kreise und war wieder nicht zufrieden. Eine Viertelstunde später stellte er den Baum so auf, dass er vom Sessel aus gesehen wie gut gewachsen aussah.

Benno verteilte einige Kugeln und Tannenzapfen aus geflochtenem Bast, rote Äpfelchen und Strohengel. Er achtete darauf, die schweren Kugeln an die dicken Zweige und die Strohengel an die Zweige dazwischen zu hängen. Die stärkeren Zweige mussten zudem noch das Gewicht der Kerzen tragen und gerade stehen, damit nicht zu viel Wachs auf die runde Brandschutzdecke mit Weihnachtsmotiven tropfte, die er auf den Boden gelegt hatte.

Welche absurde Idee! Würde er nach dem Baumschmücken das mit feinen Ornamenten verzierte Glasglöckchen klingeln? Mit einem solchen Glöckchen hatten schon seine Eltern die Ankunft des Christkindes angezeigt. Lange verweilte das Christkind nicht bei ihnen, denn sofort nach dem Klingeln durfte er das Wohnzimmer betreten, in dem die Geschenke auf dem Tisch wie durch Zauberhand geordnet lagen.

Benno wurde die Goldkugel in der Hand schwer und er legte sie zurück in die Schachtel. Er widerstand dem Impuls, den Baum zu packen, so wie er war, und ihn in den Garten zu den anderen Holzabfällen zu werfen, die er noch zur Abfallentsorgung bringen musste. Der Christbaumschmuck hinderte ihn. Von der Erinnerung an die festlich geschmückten Weihnachtsbäume konnte er sich ebenso wenig trennen wie von den Fotos.

Benno hängte die Kugeln wieder ab und trug den Baum in die Waschküche zurück. Auf dem Weg nach oben nahm er eine Flasche *Brunello di Montalcino* mit.

Durch das Küchenfenster sah er nach draußen. Das Feld auf der gegenüber liegenden Straßenseite war inzwischen weiß geworden und die Weihnachtsbeleuchtungen in den Gärten der Häuser glitzerten durch die Schneekristalle. Der Blick hätte ein Postkartenmotiv sein können, wenn er sich nicht genauso auf sein Gemüt gelegt hätte wie Nieselregen und 5 Grad, wenn nicht gar schlimmer.

In dulci jubilo, nun singet und seit froh ... Jubilohoho ... frohoho, klang es in Bennos Ohren, bis die Kinderstimmen im Radio von Glockengeläut abgelöst wurden. Sieben zeigte Bennos Armbanduhr, Zeit zum Abendessen. Als Marie Luise noch kochte, durfte er zwischen Fondue oder gefüllter Ente entscheiden, heute gab es kanadischen Wildlachs mit Sahnemeerrettich und eine Entenbrust mit Rotkohl. Die Entenbrust wurde nur in den Backofen geschoben, nach Anweisung auf der Verpackung.

Benno hörte die Türglocke erst beim zweiten Läuten. Als er die Haustür öffnete und Marie Luise sah, wie sie die Hände ineinander verschränkte und dann den Kopf hob und ihr die Schneeflocken in das Gesicht wehten, knickten ihm die Beine weg, ohne dass er sie nur einen Millimeter bewegt hatte.

»Komm herein«, sagte er tonlos und hielt sich an der Tür fest, während er sie schloss und Marie Luise sich den Schnee von Mantel und Mütze klopfte. »Fühl dich wie zu Hause.«

Der Stress, die Überraschung... Marie Luise schien ebenso zu denken, dachte er, sonst hätte sie den Mantel nicht an die Garderobe gehängt, sondern bei dieser Bemerkung auf der Stelle kehrt gemacht. Dass sie nicht wartete, bis er vorausging, fand er dann ihrerseits nicht in Ordnung, denn sie war hier wirklich nicht mehr zu

Hause. Im Vorbeigehen warf sie einen Blick in die Küche und blieb dann im Wohnzimmer stehen.

»Du willst einen Weihnachtsbaum schmücken?«

Benno ging um Marie Luise herum und stand nun vor ihr. »Nun ja, eigentlich nicht, es war so – eine sentimentale Idee. Oder Gewohnheit.« Mit dem Ellenbogen schob er die Schachteln auf die entfernter liegende Hälfte des Tisches.

»Du bist nicht nach Apeln zu deinen Eltern gefahren? Ich hatte schon befürchtet, dich nicht anzutreffen.«

Benno machte ein unbestimmtes Gesicht. »Es ist mir nicht danach.« Die war die einfachste Art, unangenehmen Fragen aus dem Weg zu gehen, insbesondere bei seiner Mutter. Aber das sagte er Marie Luise nicht.

»Möchtest du etwas essen? Ich habe Wildlachs an Meerrettich als Vorspeise. Aber nur eine Entenbrust.«

»Ich nehme eine Portion an Meerrettich«, sagte Marie Luise. »Oder esse ich dir etwas weg?«

Benno hob die Hände.

Wenige Minuten später saßen sie am Tisch, Marie Luise kostete und machte ein zufriedenes Gesicht. »Tut mir leid«, sagte sie und legte das Besteck auf den Teller, »aber ich kann dir kein Theater vorspielen, den unerwarteten lieben Gast am Heiligabend. Du fragst dich sicher, warum ich gekommen bin.«

Benno nickte.

»Aus Dummheit. Die Trennung war schwer genug und sollte nicht durch unnötiges Wiedersehen zu einer unendlichen Geschichte gemacht werden.«

»Einfach nur so?« fragte Benno und starrte auf ihren Hals. Er kannte weder die Ohrclips mit der Perle noch das Halsband, sah sich von den Schultern außen mit den Fingerspitzen langsam den Hals hoch bis unter das Kinn und den Nacken entlang streichen, ihren hochgereckten Kopf stützend, der sich vergeblich zu entwinden versuchte, aber doch nur Abwehr und Hingebung spielte.

»Ja, auch aus Dummheit«, bekräftigte Marie Luise. »Heute Abend ist Alleinsein wie eine Strafe. Niemand kann sich der Weihnachtsstimmung entziehen, sie würde dich sogar auf den Kanaren einholen.«

Aus Mitleid, dachte Benno, sie ist aus Mitleid gekommen.

»Möchtest du ein Glas Wein trinken?« fragte er.

»Gern, aber nicht mehr als ein halbes. Ich muss noch fahren.«

Jochen, vermutlich, hatte sie also nicht hierher gebracht und wartete nicht an der Straßenecke darauf, dass Marie Luise den Besuch schnell hinter sich bringen würde. Dieser Jemand verzichtete auf die beste Zeit des Heiligabends. Wie sicher musste er sich bei Marie Luise fühlen, wenn er sich diesen Verzicht leisten konnte! Auch Benno hatte sich sicher gefühlt, noch Stunden, nachdem die Haustür zugeschlagen war, sogar noch am Morgen nach ihrem Fortgehen.

Benno stellte zwei Rotweingläser auf den Tisch und entkorkte die Flasche.

»Montalcino«, sagte Marie Luise. »Ich habe deine Beständigkeit oft bewundert und manches Mal verflucht.»

»Meine Art von Perfektionismus.«

»Deine Art, sich gegen jede Veränderung zu sträuben. Ich hatte nie genug starke Argumente, um dich von deinen absoluten Positionen losbringen zu können. Dass das Leben auf der perfekten Seite, ohne Herausforderung, langweiliger ist, das hast du nie verstanden.«

»Nein«, sagte Benno. Er hob das Glas. »Zum Wohle. Wenn ich etwas Gutes aufgebe, dann um des Besseren.«

»Besser ist relativ.« Marie Luise nahm einen Schluck Wein und schloss genussvoll die Augen. »In dieser Beziehung bin ich dir immer gern gefolgt.«

»Du bist doch nicht gekommen, um den Montalcino zu loben.«

»Ich wollte dir eine Einladung - persönlich überbringen.«

Einladung? Ohne Marie Luise waren sein Kontakte weniger geworden, er hatte sich aus dem Tennisverein zurückgezogen, um den mitleidigen Blicken zu entgehen und nicht zum dauerhaften Gesprächsthema hinter der Hand zu werden. Obwohl es wegen Claudia schade war. Mit ihr hatte er gerne im Mixed gespielt und ihre Fröhlichkeit genossen. Nach den Spielen war er immer guter Laune gewesen, locker, er war sozusagen angesteckt von ihrer direkten und unkomplizierten Art. Sie nahm die Dinge wie sie waren und versuchte, für sich das Beste herauszuholen. Neu kam ihm diese Einstellung nicht vor, nur wenn er sie mit seiner verglich, war sie ihm um Lichtjahre voraus. Er konnte Claudia nicht mehr einholen, selbst bei dem immer wieder fantasierten Wunsch, einmal mit ihr auf Nulldistanz zu gehen, ein einziges Mal, obwohl er bei ihr keine Chancen zu haben glaubte und verdrängte, was nach dem ersten Mal kommen würde. Eine Entscheidung?

»Eine Einladung? War das die Mühe deines Herkommens wert?«

Marie Luise antwortete nicht sofort. Schließlich unterbrach sie das Schweigen, das Benno überbrückte, indem er das Weinglas an die akkurat richtige Stelle neben seinen Teller schob. »Ich sagte dir doch schon – es ist eine Dummheit. - Wo ist eigentlich Ricki?«

»Bei Schellenbergs. Ich war die letzten Monate häufig dienstlich für mehrere Tage unterwegs, da konnte ich den Hund nicht allein lassen.«

»Gudrun mochte Ricki. Ist dir eigentlich aufgefallen, dass es ihr immer schwer gefallen ist, Ricki nach dem Urlaub an uns zurückzugeben?«

»Mein Gott, ja«, sagte Benno. »Wenn dir der Hund so wichtig ist – geh doch rüber… Und jetzt mach, dass du gehst.« Der Satz rutschte ihm heraus wie an der Tür die Begrüßung. Instinktiv vergrub er seine Stirn in den Händen, damit er Marie Luise nicht anschauen musste und sie in seinem Gesicht nicht die Verwirrung aus Erschrecken und Beschämung sah.

»Entschuldigung«, sagte Marie Luise.«

Er sah sie nicht aufstehen, sondern hörte nur das Schieben des Stuhles und die sich entfernenden Schritte, den Kleiderbügel an der Garderobe. Die Haustür fiel ins Schloss und Benno wusste, dass er Marie Luise nie wiedersehen würde.

Auf dem Tisch lagen zwei Konzertkarten.

Was er dann fühlte, wollte er erst gar nicht glauben – den Wunsch, den Christbaum aus der Waschküche hoch zu holen und aufzustellen und zu schmücken, die Kerzen anzuzünden und ihrem verhaltenen Flackern zuzuschauen und dabei die eigene Nähe zu spüren. Nichts war ungeschehen zu machen, das war ihm klar, aber er konnte ein Stück zurückgehen in den Emotionen, an einem sicheren Punkt zugreifen und festhalten.

Warum ihm dabei Claudia in den Sinn kam, irritierte ihn. Später, als er die Flasche Montalcino geleert hatte, öffnete er das Paket mit den Weihnachtsgeschenken für seine Eltern und fand, sie mit der Post zu schicken sei keine gute Idee. Dafür war es ohnehin zu spät.

Wiedersehen

Kaum Leute unterwegs, dachte Benno. An Feiertagen legte sich der Neumarkt schon im Hellen zur Ruhe, zu Weihnachten beleuchtet von den Lichterketten der verputzten Giebelfassaden und den Schaufenstern des langgestreckten zweigeschossigen Kaufhausgebäudes. Nur die beiden Bäume standen noch in in der Mitte des Platzes hinter dem Pavillon, wo vormals eine kleine Grünfläche mit Ziersträuchern und Blumenbeeten lag. Jetzt bedeckte eine angetaute Schneedecke den Platz, durch deren Pfützen und den wässrig grauen Fußabdrücken die Begrenzungslinien des Parkplatzes hindurchschienen. Die Fahrkartenausgabe im Pavillon war dauerhaft geschlossen und durch einen Automaten ersetzt worden, das Reisebüro und der winzige Blumenladen hatten überlebt. Zwanzig Minuten Aufenthalt, daran erinnerte sich Benno genau, nur nicht mehr an die Nummer der Buslinie, und dass er den Neumarkt nie gemocht hatte. Benno ging hinüber zum anderen Bussteig und studierte die Fahrplantafeln. Hinter ihm fuhr der Bus an, mit dem er vom Abzweig Lukas zum Neumarkt gefahren war. Im Anzeigefenster vorne stand nun Betriebsfahrt.

Nach Apeln fuhr die Linie 340. Früher war die Liniennummer zweistellig gewesen. Montag bis Freitag, Samstag, Sonn- und Feiertags – das Feld für Feiertage zeigte nur eine morgendliche Verbindung. Wie lange war es her, seit er zuletzt die fünfzig Kilometer mit Bahn und Bus zurückgelegt hatte, wie

in seiner Kindheit, wenn er aus drei Wochen Stadt-
ferien bei Onkel Anton nach Hause fuhr, mit einem
von seinem Onkel geschriebenen Fahrplan in der
Tasche? Marie Luise hatte ihn einen Spinner genannt,
als er ihr die Idee vortrug, nicht das Auto zu nehmen.
Sie war dann krank geworden und lag mit Fieber im
Bett, was die Sache vereinfachte und ihm die weitere
Auseinandersetzung ersparte. Sie käme allein zurecht,
hatte sie gesagt, allein schon die Verwandtschaft nicht
sehen zu müssen sei Erholung. Bei solchen Bemerkungen verspürte Benno einen feinen Stich wie ein leichtes Kitzeln in der Brust, als ob jemand sein Herz berühren würde.

Die acht Kilometer bis nach Apeln könnte er zu
Fuß gehen, eineinhalb Stunden, und er käme immer
noch rechtzeitig an. Wenn es nur nicht so warm wäre!
Benno knöpfte die gefütterte Jacke auf, als sei er schon
schwitzend auf halber Strecke unterwegs. Ein Auto
anzuhalten hatte er seit der Wehrdienstzeit nicht mehr
probiert, wahrscheinlich würde heute auch nicht ein
einziges anhalten; gerade an Weihnachten traute er
niemandem die nötige Nächstenliebe zu, sich mit
Fremden einzulassen.

Benno umrundete den Neumarkt auf der Suche
nach einem Taxi, fand aber nur die Rufsäule mit einer
Telefonnummer. Er müsse nach Apeln, sagte er der
Frau in der Leitstelle, und sie antwortete, dass der
Wagen etwa in einer Stunde komme, an Feiertagen
und sonntags würden sie eigentlich nur nach
Vorbestellung arbeiten. Was sollte er in der Stunde

machen?, überlegte Benno. Er sagte der Frau, er würde bis zur Bushaltestelle an der Kanalbrücke gehen, dort solle ihn das Taxi aufnehmen.

Das koste heute dasselbe, antwortete sie.

Es dauerte einige Minuten, bis Benno vom Neumarkt bis zur Kreuzung auf die Bundesstraße fand. Über die Zeit war die Erinnerung, wie der Bus gefahren war, verblasst. Auf der Bundestraße ging es nur noch geradeaus. Benno schritt zügig, um sicher vor dem Taxi an der Kanalbrücke zu sein. Vom Wartehäuschen an der Bushaltestelle sah er über die Straße auf den Kanal und die beleuchtete Schleuse im Hintergrund. Um diese Zeit gab es keinen Schiffsverkehr. Im Hafenbereich vor der Schleuse lagen zwei Lastkähne vor Anker.

Benno atmete tief ein. Er vermisste den scharfen winterlichen Wind, der ihm das Gefühl von Alleinsein vermitteln würde und dem er sich entgegen stemmen konnte. Der Tag heute war zu weich und der graue Himmel verwischte die Kontraste. In letzter Zeit brauchte er die Wahrnehmung von Gegensätzen, an denen er sich klar orientieren konnte.

Als die Stunde verstrichen war und das Taxi noch nicht angekommen war, wurde Benno unruhig und schwankte zwischen der Entscheidung, zu warten oder den Rest des Weges auch noch zu Fuß zu gehen. Als er aufstand und den Bügel des Rollkoffers herauszog, hielt ein Wagen, den er schon vorbeifahren sehen wollte. Nach Apeln? Er sei noch aufgehalten worden, entschuldigte der junge Mann die Verspätung.

Ob er sich mit dem Taxifahrer unterhalten sollte?, überlegte Benno. Weihnachten fühlten sich die Menschen brüderlich verbunden, da könnte er aus sich herausgehen, wenn auch nur mit der Frage, ob nach dieser Fuhre endlich Feierabend sei.

»Nach Hause?«, kam ihm der Fahrer zuvor und erzählte, noch ehe Benno antworten konnte, er müsse gleich die Eltern und Schwiegereltern abholen. In ihrer Familie ginge es andersherum und darum gäbe es keinen Streit, welchem Elternpaar der Vorzug gegeben werde, aber auch keine Garantie, dass sie sich nicht auch in seinem Wohnzimmer in die Haare kriegen würden, womöglich bei der Überreichung der Geschenke; die Bescherung an Heiligabend sei das Schönste an Weihnachten – den beiden Jungs zuzuschauen, wie sie erwartungsvoll das Papier von den Kartons rissen und er sie dann in die Arme nahm, wenn sie zu wild wurden, und ›Seid nicht so gierig!‹ mahnte.

Benno sah, wie sich die Kinder aus der Umarmung wanden; er selbst konnte sich an nichts erinnern bis zu seinem achten Lebensjahr, wie er mühselig das Weihnachtsevangelium vorlas, und jedes Jahr wieder bis zu seinem Auszug. Bestimmt hatte seine Mutter seit dem ersten Mal so besinnlich selig geblickt, wie ihm aus all den Jahren unangenehm in Erinnerung war.

»Weihnachten ist nicht mehr so wichtig«, sagte Benno. »Drei Tage von dreihundertfünfundsechzig und sieben Tage vor dem Ende des Jahres, das rückt die Bedeutung in das richtige Verhältnis. Auch wenn es ab Mitte November schon überall grün geschmückt und festlich erleuchtet ist.«

»Schön ist es, trotz der Hetze«, sagte der Taxifahrer und geriet erneut ins Erzählen. Vor zwei Jahren hatte der Baum an Heiligabend gebrannt, nur ein Zweig, der von den darunter stehenden Kerzen aufgewärmt und schließlich knisternd in Flammen aufgegangen und ebenso schnell wieder erloschen war; so trocken war der Baum Heiligabend noch nicht, dass er komplett abbrennen konnte. Ein ordentlicher Schreck, aber keine Katastrophe; ein paar Kerzen weniger hätten der Schönheit des Baums keinen Abbruch getan.

»Wir hatten schon seit langem elektrische Kerzen«, sagte Benno. Aus der Rückschau betrachtet erschien ihm die Abschaffung der Wachskerzen wie die Teilnahme am allgemeinen Fortschritt. Jetzt brannten die Lichter jeden Abend, sobald es dunkel wurde, bis zum Zubettgehen.

Das einsetzende Schweigen verunsicherte Benno, für einen Augenblick nahm er an, der Taxifahrer könnte damit rücksichtsvolles Bedauern über den Verlust an Stimmung und Romantik ausdrücken, wer wohlig flackerndes Kerzenlicht gegen Glühbirnen austausche. Das Taxi war langsamer geworden und bog nach links in eine schmale, unbeleuchtete Straße ein. Die nächste Laterne stand an einer Gabelung, eine weitere in Höhe eines zweistöckigen Wohnhauses und beschien eine glatte, grau verschmutzte Fassade mit Fenstern wie tote Augen in einsamer Abgeschiedenheit. Wöllkens. Der Mann war im Frühjahr gestorben, hatte Bennos Mutter am Telefon erwähnt.

»An der nächsten Laterne, das zweite Haus«, wies Benno den Fahrer an. Von rechts schwenkte eine Telegrafenleitung an den Straßenrand und begleitete sie an den Weidezäunen und Ackerrändern entlang.

»Das war's«, sagte der Taxifahrer im Anhalten. Benno zahlte und man wünschte sich ein frohes Fest.

Mutter begrüßte ihn überschwänglich. Sie freute sich wirklich, dass er doch noch gekommen sei, mit leichtem Vorwurf, er hätte sich das auch vorher überlegen können, und warum er nicht mit dem Auto gekommen sei. Benno verschwieg, dass sie seinen spontanen Entschluss dem gestrigen Besuch von Marie Luise zu verdanken hatte und erzählte stattdessen von einem nostalgischen Impuls und Erinnerungen an die Fahrten mit Bus und Straßenbahn zu Onkel Anton. Heute, an Weihnachten, hatte er allerdings einen kleinen Umweg mit dem Zug bis Lünkhusen nehmen müssen.

Sein Vater, Henrich, war gewohnt ruhig und würde erst aus sich herausgehen, wenn sie den Gang durch den Schweinestall antraten, als müsse das sich nicht Verändernde als Symbol für ein ordentliches und auch sinnerfülltes Leben stehen. Benno war immer voll von Gefühlen, wenn der Rundgang beendet war. Abgesehen von seiner persönlichen Niederlage bei Marie Luise konnte er sich nicht beklagen.

Immerhin hatte er studiert und wusste mehr, als für die Schweinehaltung notwendig war, und verdiente damit anständiges Geld.

»Wo ist denn der Weihnachtsbaum?«, fragte Benno, als er in die Wohnstube trat.

Vater knuffte ihn in die Seite. »Als du gestern anriefst, dachte ich, wir machen das gemeinsam. Das ist doch Männersache, nicht wahr?«

Damals, ja. Nicht jede scheinbar gut gewachsene Fichte erwies sich auch als gerade, aber sie hatten den Baum, wenn auch manchmal schimpfend, immer so eingestielt, dass er aus der Sicht der Betrachter kerzengerade erschien. Benno lächelte gequält. Ihm stand nicht der Sinn, überholte Rituale aufleben zu lassen. Mit vierzehn war die Aussicht, den Weihnachtsbaum aufstellen zu dürfen, wie der Übergang in das Erwachsenwerden, weg vom angespannten Warten auf das Christkind.

»Ich würde lieber die Schweine füttern«, sagte Benno.

Henrich lachte. »Da hättest du früher kommen müssen.«

Während sein Vater den Baum aus der Scheune holte, wartete Benno im Stall. Nichts hatte sich seit seiner Kindheit verändert, abgesehen vom Plumpsklo in der Ecke, das durch eine Toilette mit Wasserspülung ersetzt worden war. Der Waschkessel und das gemauerte Becken daneben und die Zentrifuge standen seit der Anschaffung der ersten elektrischen Waschmaschine unbenutzt, dagegen hatten der

Rübenzerkleinerer mit dem großen gusseisernen Handrad und die Holzkiste daneben mit dem Kraftfutter für die Schweine die Jahrzehnte unbeschadet überstanden. Gegenüber an der Wand stand immer noch der gleiche Holzklotz mit der eingeschlagenen Axt. Alles wirkte aufgeräumter und weniger staubig als in seinen Kindheitserinnerungen, scheinbar hatte er die langsamen Veränderungen in den letzten Jahren nicht mehr wahrgenommen, nur noch die einschneidenden wie die Abschaffung der beiden Milchkühe und des Traktors, und das Fehlen der Obstbäume auf der Wiese hinter dem Haus.

Die Stalltür ging auf und sein Vater kam um die Ecke, in der Linken den Baum und unter dem anderen Arm einen schweren Karton, der ihm zu entgleiten drohte. Benno nahm ihm den Karton ab.

»Hast du noch den alten Christbaumständer?«

»Von meinem Vater, ja. Nur, von Jahr zu Jahr wurden unsere Weihnachtsbäume größer. Alles hat einmal ein Ende.«

Benno nickte. Nostalgische Gefühle und praktische Erwägungen vertrugen sich nicht. Trotzdem hätte er wie früher gern zur Drahtbürste gegriffen und die Verzierungen des schwarzbraunen Metalls vom Flugrost des letzten Jahres gesäubert und mit einer Speckschwarte glänzend gerieben, die drei Feststellschrauben hinein- und herausgedreht, bis das Fett das Gewinde wieder gängig gemacht hatte.

Das Einstielen des Baumes war kein Problem mehr. Benno setzte ihn mittig in den Ständer ein, sein

Vater trat einen Hebel, eine Art Zentralverriegelung, korrigierte und der Baum stand.

»Du hättest mich gar nicht gebraucht«, sagte Benno.

»Festmachen und Ausrichten gleichzeitig, das geht nicht. Wollen wir den Baum jetzt schmücken?«

»Ich muss noch auspacken und mich umziehen«, sagte Benno.

»Hilf mir wenigstens, den Baum in die Stube zu tragen.« Vater klang verstimmt.

Benno beeilte sich, um beim Schmücken des Weihnachtsbaumes noch helfen zu können. Er hatte das viele Jahre mit Vater gemacht, während Mutter in der Küche das Essen richtete. Einen Baum zum festlichen Leben zu erwecken war fast noch schöner als die anschließende Bescherung, am Baum konnte er gestalten, die Bescherung war Mutters Sache und er war nie sicher, ob sie seine Wünsche traf, weil er nie aufgefordert wurde, einen Wunschzettel zu schreiben. Sie suchte die Geschenke nach ihrer Vorstellung und Möglichkeiten aus. Es gab manches Weihnachten mit Oberhemden und Praktischem, aber zumindest mit einem Buch, in das sich Benno vertiefen und wenn nötig die Enttäuschung versenken konnte. Natürlich wusste er von bestimmten finanziellen Zwängen, trotzdem löste dies den Unterschied zwischen seinen Wünschen und den Geschenken nicht auf.

Die Lichterkette und die Kugeln hingen schon, als Benno in die Stube kam. »Mach du den Rest«, sagte sein Vater und deutete auf das Bündel sorgfältig über eine Stuhllehne gelegte Lametta. Mit Lametta ließen sich Unebenheiten des Baumwuchses kaschieren, Bennos Spezialität. Sein Onkel Wilhelm war in dieser Hinsicht direkter. Er bohrte ein Loch in den Stamm und füllte die kahle Stelle mit einem Zweig. Onkel Wilhelm war kein Pedant, eher ein liebenswerter Spinner und das Anbohren von Weihnachtsbäumen war ein Spaß, über den die Familie viele Jahre lachte. Benno beschloss, den Weihnachtsbaum zu nehmen, wie er gewachsen war und ihn nicht nach seinen Vorstellungen zu formen.

Sein Vater kam in die Stube und besah sich das Werk. Rechts in der Mitte sei das Lametta zu spärlich verteilt, meinte er.

»Ich bin aus der Übung gekommen«, erwiderte Benno. »Marie Luise mochte kein Lametta. Habe ich dir nicht mal Fotos gezeigt? Viel Grün und Rot, Schleifen, dazwischen Strohsterne und Engel.«

»Sie hatte ein Händchen für solche Sachen. Ich hab's an der Art gesehen, wie sie euer Haus gestaltet hat.«

»Die meisten Bilder habe ich ausgesucht«, brummte Benno.

»Hast du mal von ihr gehört?«

»Wir sind noch nicht geschieden, wenn du das meinst. Sie war gestern kurz bei mir. Auf den Besuch hätte sie aber gerne verzichten können.«

Beim Abendessen saßen sie schweigend bei Hühnersuppe mit Eierstich, die seine Mutter zu jedem Fest kochte, ob Ostern, Pfingsten oder Weihnachten, und bei jedem seiner Besuche. »Warum lasst ihr euch nicht scheiden?«, fragte sie.

»Es hat sich noch nicht ergeben«, antwortete er.

»In deinem Alter wussten wir längst, was wir wollten.«

»Ich will sofort abreisen«, sagte Benno und legte den Löffel demonstrativ neben den Teller.

»Könnt ihr nicht über etwas anderes reden?«, fragte sein Vater.

»Nein!«, antwortete Benno heftig. »Vielleicht hatte Marie Luise doch Recht mit eurem heimlichen Einmischen.«

»Dafür gab es viel zu selten Gelegenheit«, entgegnete seine Mutter.

Auch das stimmt, dachte Benno. Die Wahrheit würde man nur finden, wenn alle Vorurteile in einen Topf geworfen und zu einem unverdaulichen Brei umgerührt würden.

»Wahrscheinlich gibt es Ente«, sagte Benno. »Wie immer zu Weihnachten.«

»Mit Äpfeln, Pflaumen und Rosinen gefüllt. Wie du es gerne magst.«

»Wie ich es gerne mag? Es gibt andere Möglichkeiten, mit Gehacktem oder von mir aus mit Gänseleberpastete gefüllt. Marie Luise hat Ente mit nichts drin gebraten außer Pfeffer und Salz, na und? Ich habe deine Füllung akzeptiert und Marie Luises keine. Das ist weder eine Weltanschauung noch ein Scheidungsgrund.«

»Junge«, sagte Vater, »du tust deiner Mutter Unrecht. Sie meint es gut und hat sich so auf den Abend gefreut.«

»Die Zeit lässt sich nicht zurückdrehen«, sagte Benno und nahm den Löffel wieder auf.

Auf der weißen Decke des Esstisches lagen Päckchen in Weihnachtspapier mit kunstvoll verschlungenen Schleifen.

»Frohe Weihnachten«, sagte Mutter und schüttelte Bennos Hand. »Wie gut, dass ich die Geschenke immer früh besorge, ich hätte sonst nichts gehabt, wo du doch abgesagt hattest... Ich hoffe, es gefällt dir, es ist schon so lange her, dass ich etwas für dich gekauft habe. Nicht wieder einen Umschlag, habe ich gedacht.«

Ich werde dich nicht enttäuschen, dache Benno. »Als ich noch nicht verdiente, war es immer schwierig, für euch ein Weihnachtsgeschenk zu finden«, sagte er. »Meistens blieb es bei Zigarren oder einer Flasche Doppelwacholder und Kölnisch Wasser.«

Benno überreichte zwei Päckchen. »War das so verkehrt, habe ich mich gefragt. Bei den Zigarren konnte ich in der Qualität zulegen, keine Fehlfarben mehr, statt Kölnisch Wasser – auch wenn ich es immer gerne an dir gerochen habe – soll es ein Parfüm sein, ein klassischer Duft, von Chanel.« Benno nahm seine Mutter in den Arm. Sie sagte nicht ›Ach, mein Junge!‹, vor lauter Rührung, wie Benno befürchtet hatte. Als er sie losließ, sah er ihre Tränen, was noch schlimmer war als ein rührseliger Spruch, weil er sich das Unausgesprochene nun selbst ausdenken musste.

Henrich hatte das Zigarrenkistchen ausgepackt und hebelte mit dem Taschenmesser den Deckel ab. Vorsichtig schlug er das Papier zur Seite und fuhr mit der Nase über den Inhalt. Er wirklicher Kenner war er nicht, und zum besonderen Genuss reichte ihm wahrscheinlich schon der Gedanke, an einer teureren Zigarre als gewöhnlich zu ziehen.

»Lass die Zigarren nicht trocken werden«, sagte Benno, »aufbewahren für besondere Anlässe bringt nichts, dann schmecken sie nicht mehr. Zum Geburtstag kannst du ein neues Kistchen bekommen, wenn du möchtest.«

»Jetzt musst du aber auch deine Geschenke auspacken«, sagte seine Mutter. Das war der gefürchtete Augenblick, der über Freude und Enttäuschung entschied. Oberhemden hatte er genügend, aber man konnte nie wissen, was sich Mutter in dieser Hinsicht vorstellte. Krawatten kaufte sie nicht mehr, seit er sie überzeugen konnte, dass man die Krawatte beim Kauf am besten neben Jackett und Hose legt.

Benno nestelte an den Schleifen und versuchte, das Weihnachtspapier beim Auspacken nicht zu beschädigen. Ein Buch war dabei, das sah er bereits an der Form, auch ohne den Aufkleber der Buchhandlung. Notfalls würde das Buch ihm den Abend retten, denn Mutter hatte bisher stets klassische Kriminalromane ausgesucht und damit nichts falsch gemacht. Das zweite Geschenkpäckchen enthielt ein Korkenzieher-Set – aufsetzen, Hebel runter, rauf, abnehmen, Hebel runter, rauf, und der Korken fiel heraus.

Benno hatte schon immer von einem Korkenzieher mit langem Hebelarm geträumt, wie ihn die Winzer gebrauchten. Mutters Geschenk war ebenso praktisch und musste nicht einmal an die Wand geschraubt werden. Benno freute sich und drückte seine Mutter noch einmal. Dieses Weihnachten war eines von der besseren Sorte.

Später setzte sich sein Vater mit einer Zigarre und einer Flasche Bier vor den Fernseher. Zu zweit, sagte er unvermittelt, sei der Heiligabend sehr ruhig gewesen, fünf Minuten Überraschung und Freude, aber was dann? Da sei er froh gewesen über das Fernsehen. Morgen, wenn die Verwandtschaft käme, könnten sie Skat oder Doppelkopf spielen.

Benno zog sich noch vor dem Ende der Sendung auf sein Zimmer zurück, für den Weihnachtsabend reichlich früh. Schon seit über einer Stunde war die Unterhaltung abgestorben, also brauchte er auch nicht anwesend zu sein. An die Alternative mochte Benno gar nicht denken, ein Gespräch würde unweigerlich auch das Thema Marie Luise auf den Tisch bringen. Solange er selbst damit nicht im Reinen war, konnte er auch die wohl gemeinten Sichtweisen anderer nicht ertragen, erst recht nicht die seiner Eltern.

Mutter hatte das Bett in seinem Kinderzimmer bezogen. Die Möbel in Kiefer Nachbildung wirkten auf ihn nicht mehr selbstverständlich wie damals. Bis auf die Fußball-Weltmeisterschaftself von 1974 hing kein Bild an der Wand, der Raum wirkte steril, als habe sich in ihm nie ein Mensch fortentwickelt. Mit Marie Luise hatte er im Schlafzimmer der Großeltern in den schweren dunklen Eichenbetten übernachtet, wo man sich in der Ritze beim Herüberrollen das Knie schmerzhaft stoßen konnte. Damals entdeckte er im Kleiderschrank auf der Hutablage eine Reihe gebundener Jahresbände ›Der Deutsche Hausschatz‹ von 1896 bis 1902. Das löste den ersten ernsthaften Streit mit Marie Luise aus, weil Benno den Kopf nicht mehr aus den Büchern bekam. So sehr er sich für den entdeckten Schatz begeisterte, umso weniger verstand sich Marie Luise mit ihren Schwiegereltern. Landwirtschaft sei einfach nicht ihr Thema, beklagte sie sich, und Onkel Wilhelm und Tante Fine würde sie gerne unbekannterweise grüßen lassen, auch ohne deren Lebensgeschichten zu kennen; wie gut, dass Franz und Johannes im Krieg gefallen seien. Das war die einzige taktlose Bemerkung, an die sich Benno erinnern konnte, wenn er an die Auseinandersetzungen mit Marie Luise in Apeln dachte.

Im Kleiderschrank hing noch die ungeliebte grüne Strickjacke. Morgen würde er Mutter fragen, welchen Grund es für die Aufbewahrung gab. Seine Bücher standen noch im Regal, und die Spiele und Puzzles. Er zog die Schubladen des Schreibtischs heraus. Sie waren leer. Die Leere schien ihm plötzlich arrangiert wie eine Mahnung, von der er nicht wusste, ob sie gut gemeint oder eine böse Vorahnung war.

Unzufrieden legte sich Benno ins Bett.

»Sei nicht so grausam, Thea«, sagte Benno, wohl wissend, wie seine Mutter die Anrede mit dem Vornamen missbilligte, als sie ihn um halb neun Uhr weckte.

»Das Hochamt ist um zehn«, sagte sie und kleidete die Aussage in den Tonfall, der Benno Gewissensbisse machen sollte.

»Das reicht allemal, um zu Fuß zur Kirche zu gehen«, sagte er.

»Weil das Frühstück schon fertig ist«.

Wie immer, jedoch wartete heute nur ein Gedeck. Benno legte Schinken und getrocknete Mettwurst zwischen Weißbrot und Pumpernickel und schaute durch das Fenster auf den Kirchturm von St. Vitus. Diese Straße habe Napoleon angelegt, hatte ihm sein Vater erklärt, immer geradeaus auf den Kirchturm der nächsten Ortschaft zu. Und wirklich, die Kirchturm- spitze blieb immer vor ihnen, als gäbe es für die Straße nur dieses eine Ziel. Seit Vaters Erklärung war Benno der Weg in den Ort, jeder Schul- und Kirch- gang, als etwas Besonderes erschienen; so besonders, dass er niemandem davon erzählte, nicht einmal seinen Schulkameraden. Der Sohn eines Kötters, auch wenn der beim Landkreis angestellt und in der Straßeninstandhaltung eingesetzt war, ordnete sich in das unausgesprochene Gefüge ein, das nach Hektar und Morgen und nicht nach Kilometer Landstraße zählte.

Seine Eltern waren überrascht, als Benno vor-schlug, zu Fuß zu gehen, wie in alten Zeiten. Zwanzig Minuten, aber keine Parkplatzsuche. Mutter sah ihn befremdlich an, widersprach jedoch nicht. Henrich, sein Vater, war gutmütig wie immer. »Warum nicht?«, sagte er mit einer nicht zu überstimmenden Begeiste-rung.

Bis zum Ortsrand überholte sie nur ein Auto. Benno glaubte Gerd Backes zu erkennen, einen ehemaligen Klassenkameraden. Backes' Hof lag noch einen Kilometer weiter draußen in der Heide, wie diese Gegend wegen ihres sandigen Brachlandes zwi-schen einem Wäldchen und Backes' Äcker genannt wurde. Benno war sich wegen Gerd nicht sicher, die Frau neben ihm auf dem Beifahrersitz beanspruchte seine Aufmerksamkeit für einen Augenblick zu lang. Sie hatte weizenblonde Haare und war auffällig blass und schmal.

Der vermeintliche Gerd blieb die einzige Begeg-nung während des Kirchgangs. Zwar erkannte Benno noch andere, zumeist Geschäftsleute aus dem Ort, doch niemand aus der gemeinsamen Kindheit. Land-flucht, dachte er, wie überall. Inzwischen gab es in Apeln eine große Anzahl von Zugezogenen mit Eigenheimen auf den in Bauland umgewidmeten Wiesen und Äckern.

Auf dem Rückweg versuchte Benno, über sich zu erzählen, was beruflich im Augenblick los war, auch wenn Büro und Landwirtschaft für seine Eltern wie das Leben auf zwei unterschiedlichen Planeten waren.

Benno erwähnte die aktuellen Entwicklungen, Raps und Biomasse, und stellte die Frage, ob die Bauern hier auch nur noch Energie statt Brot anbauen würden.

»Die Bauern müssen auch über die Runden kommen«, antwortete sein Vater allgemein.

»Das Leben ist eben eine Frage des Preises«, meinte Benno. »Natürlich ist nicht zu erwarten, dass man hier hungern wird, eher diejenigen, aus deren Länder wir zukünftig das Getreide aufkaufen werden. Ob es biologisch oder auf mit Schwermetallen verseuchten Böden angebaut worden sei, ob radioaktiv verstrahlt oder nur überdüngt, das ist nicht mehr erheblich, wenn es entsprechende Nachfrage gibt. Zwischen biologischer Energie und Getreide pendelt sich später ein Gleichgewichtspreis ein, gleichermaßen hoch, weil die Menschen ihre Bedürfnisse auf Hunger, Wärme und Mobilität aufteilen. Man bezeichnet das als ›knappe Güter‹«.

Sein Vater schwieg.

»Bedauerst du, dass ich Betriebswirtschaft statt Landwirtschaft studiert habe? Das hätte dir den Vortrag erspart, möglicherweise hätten wir dann aber über Schweinepreise geredet.«

Vater klopfte ihm auf die Schulter. »Wenn das so eintrifft mit den knappen Gütern, dann lohnt es sich vielleicht wieder, die Kohlezechen aufzumachen. Wer weiß. Diese Gier heutzutage ist nicht gut. Ich habe immer gewusst, was ich brauche – Runkeln für die Schweine, Getreide fürs Geld und das Stroh für den Stall, Heu und Kartoffeln. Und das, was Thea im

Garten angebaut hat. Es hat gereicht, sogar, um dich studieren zu lassen. Und um zufrieden zu sein.«

»Ja, das stimmt«, sagte Benno. Vaters abgeklärter Lebensweisheit gab es nichts hinzuzufügen; Anlass für Benno, mit den Gedanken auf die Heide abzuschweifen.

Das Mittagessen blieb wenig gesprächig bis auf die Bitten, Schüsseln anzureichen oder ein Stück Braten nachzulegen und Bennos Feststellung, dass das Essen gelungen war, woran er nicht gezweifelt hätte. Während seine Mutter den Tisch abdeckte und sich um den Abwasch kümmerte, steckte sich sein Vater eine Zigarre an, holte zwei Schnapsgläser aus dem Schrank und goss Doppelwacholder ein.

Benno mochte keinen Schnaps. Sein Vater meinte es gut und darum kippte Benno den Doppelwacholder hinunter. Er hatte mit seinem Vater nie über seine Abneigung gegen alles Hochprozentige gesprochen. Wie über andere Dinge, die er erst in den Wehrdienst und dann nach Münster ins Studium mitgenommen und sie damit abgelegt und erledigt hatte, zumal er seit dem nur noch tageweise nach Apeln zurückgekehrt war.

Der Doppelwacholder war Bennos Zugeständnis, mit Vater wieder ins Gespräch zu kommen. Ob das Gerd Backes gewesen sei, der auf dem Weg zur Kirche an ihnen vorbei gefahren sei. Henrich zuckte mit den Schultern; er habe nicht hingesehen, obwohl – der rote Passat – das könne wohl gut Gerd gewesen sein.

Mit vorsichtigen Fragen hielt Benno das Gespräch in Gang. Gerd hatte Silke Breidenbach geheiratet, die aus Billerbeck stammte und bei Mertens im Haushalt in Stellung war. Kaufhaus Mertens, erinnerte ihn sein Vater, wohl in dem Glauben, dass Benno seiner Heimat inzwischen entfremdet sei. Benno hatte das ›Kaufhaus‹ nicht vergessen, weil es dort alles für den täglichen Bedarf gab. Mehr als fünfzig Jahre war es unerheblich gewesen, dass sich das Kaufhaus nicht entscheiden konnte, ob es ein Textil-, Haushalts-waren-, Elektrogeschäft oder ein Gartenmarkt war; von jedem etwas war plötzlich zu wenig, als der Baumarkt im Gewerbegebiet eröffnet wurde.

Gerd und Silke hätten keine Kinder, erzählte Henrich. Norbert, der Zweitälteste von Backes, sei nach Dortmund gezogen, mache irgendetwas mit Versicherungen, und Jürgen hatte man schon Jahr und Tag nicht mehr gesehen. Da gäbe es allerlei Gerüchte.

Benno nahm sich für den morgigen Sonntag – ein ›dritter Weihnachtstag‹ – einen Spaziergang vor.

Onkel Wilhelm und Tante Fine brachten Gisela mit. Benno glaubte nicht an einen Zufall, auch wenn sie zur Familie gehörte. Er nahm sich vor, möglichst wenig Notiz von Gisela zu nehmen.

Das Gespräch am Kaffeetisch bestritten seine Eltern. Sie tauschten sich mit Wilhelm und Fine über Verwandtschaftliches und Nachbarschaft aus, als ob es kein Telefon geben würde. Sie waren es so gewohnt, dachte Benno, erzählten lieber von Angesicht zu Angesicht. Gisela blieb währenddessen stumm, soweit sie nicht direkt gefragt wurde. Gleich würde ihn seine Mutter zu einem gemeinsamen Spaziergang mit ihr ermuntern, vermutete Benno. Um dem zuvorzukommen und dem Getratsche am Kaffeetisch zu entfliehen, forderte er selbst Gisela auf. Ein freudiger Blick seiner Mutter begleitete sie, als sie aufstanden. Benno führte Gisela durch den Stall in den Hof und dann auf die Wiese hinter der Scheune. Er blieb stehen, mit dem Blick auf umzäunte Wiesen und das Wäldchen am Horizont, und zog den Reißverschluss der Jacke bis unter das Kinn.

Nur nicht über das Wetter reden, dachte er. Es blieben nur Annäherung oder Ablehnung. Beides könnte sie verletzen, es sei denn, Gisela würde sich an der sentimentalen Inszenierung dieser Begegnung nicht beteiligen.

»Ich dachte, wir würden ein Stück die Straße entlang bis zu Allee gehen«, sagte Gisela. »Es ist zu kalt, um nur herumzustehen.«

»Ich wollte nur raus.«

Später, hundert Meter weiter auf der Straße, sagte Gisela: »Du hast dich nicht verändert. Du bist genauso abweisend wie die letzten Male.«

Also Abrechnung, dachte Benno erleichtert.

»Wie lange haben wir uns nicht mehr gesehen? Über zwanzig Jahre?«

»In etwa.«

»Es gibt doch eine Veränderung«, stellte Gisela

fest, »du bist einsilbiger geworden. Hat das mit deiner Trennung zu tun?«

»Du warst beim Kaffee auch nicht besonders gesprächig.«

»Was meine Eltern erzählen, kenne ich doch. Nach so langer Zeit warst du neu für mich und ich habe überlegt, welche Bedeutung die alten Sachen noch für mich haben, dass du mich einmal im Wald an einen Baum gebunden und allein gelassen hast, mir beim Baden in der Stever die Sachen versteckt oder mir einen Regenwurm in die Bluse gesteckt hast und ich mir panisch vor Angst und Ekel die Sachen vom Leib gerissen habe, und du mir ein andermal meinen Schlüpfer ausgezogen und die Nachbarjungen aufgefordert hast, mir unter das Kleidchen zu schauen. Ich war erst neun oder zehn und du fünfzehn! Wie gut, dass wir uns damals höchstens zwei Mal im Jahr begegnet sind.«

Benno blieb stehen und nahm Gisela in den Arm. Er genoss die Intensität des Augenblicks, weil er nicht aus der Berechnung seiner Mutter herrührte, sondern eigenen Gefühlen entsprach. Er wollte Giselas Gesicht berühren, aber die Vermischung von unvorhergesehener Versöhnung und spontanem Begehren schreckte ihn ab.

»Schon gut«, sagte Gisela. »Du bist ein Teil meiner kindlichen Katastrophen. Bis heute wenigstens.«

Im Weitergehen hakte sich Gisela bei ihm unter. Im gleichen Moment kippten seine Vorbehalte.

»Was machst du so?« fragte er.

»Tippen. Ich bin Tippse im Büro. Gelernt habe ich Buchhändlerin. Ich habe den Laden aber schließen müssen. Und du?«

»Wenn du es so ausdrückst, bin ich derjenige, der diktiert.« Jetzt stand nur noch die Frage zwischen ihnen, warum sie offensichtlich keinen Partner hatte. Benno kannte aus der Firma genügend Frauen mit eigener Ausstrahlung, von extravagant über elegant und natürlich bis leger. Gisela war in dieser Hinsicht unauffällig, um sie zu mögen, musste man nach den Eigenschaften und Gesten suchen, die Interesse weckten und das Gefühl von Verbundenheit vermittelten. Benno entschied sich für den augenblicklichen Eindruck und gegen weiteres Nachforschen.

»Deine Anwesenheit ist angenehm«, sagte Gisela.

Benno spürte die ungewohnte Nähe. Sein Arm, den Gisela hielt, versteifte sich, bis er nichts mehr fühlte.

»Fine fährt nicht mehr mit dem Wagen im Dunkeln zurück, seit sie einen Unfall gehabt hat, auch wenn es nur ein Blechschaden war, und mein Vater will auf Bier und Schnaps nicht verzichten. Ich sitze die Besuche bei deinen Eltern ab.«

Benno lachte kurz auf. Der Ausdruck, einen Besuch abzusitzen, gefiel ihm. Machte er das nicht selbst, mehr oder weniger? Nur kindliche Erinnerungen an vergangene Weihnachten konnten den Besuch im Elternhaus nicht tragen. Es waren Bindungen verloren gegangen, und er wusste nicht, wie und wann Apeln ihm zu eng geworden war.

»Bist du gerne allein?«, fragte Gisela.

»Du meinst: Nach der Trennung von Marie Luise?«

»Nein, das meine ich nicht.«

Das letzte Alleinsein – gestern - hatte in eine Katastrophe gemündet. »Es ist widersprüchlich. Alleinsein ist mir kein konstantes, verlässliches Gefühl.« Er erzählte von Marie Luises überraschendem Besuch.

»Zu was wollte sie dich einladen?«

»Zwei Karten für ein Konzert mit Julia Fischer. Das Violinkonzert Nr. 1 von Max Bruch war mit im Programm. Marie Luise weiß, wie sehr ich dieses Konzert liebe. Das war übrigens die einzige Schallplatte, die meine Mutter besaß, und meine Einführung in die Welt der klassischen Musik.«

»Für wen war die zweite Karte?«

»Ich habe keine Ahnung. Mit mir zusammen bestimmt nicht.« Benno befreite seinen steifen Arm und nahm stattdessen Giselas Hand, damit es nicht wie eine Ablehnung aussah. Wärme durchströmte seinen Arm, mehr als durch die bloße Berührung ausgelöst wurde, und sammelte sich im Bauch. Mit einem Mal wurde ihm bewusst, was er schon so lange entbehrt hatte. Er war versucht, über Zuwendung zu reden, konnte sich aber nicht von der intensiven Empfindung lösen, bis sie wieder vor der Haustür standen und Benno froh war, dass Gisela keine weiteren Fragen gestellt hatte.

»Ein herrlicher Spaziergang«, sagte Gisela zu Bennos Mutter. »Die Dämmerung hüllte uns feuchtkalt ein. Wir mussten mit der eigenen Wärme dagegen halten.«

Was seine Mutter darunter verstehen würde, konnte Benno sich lebhaft ausmalen.

Der heutige Sonntag war in diesem Jahr quasi ein dritter Weihnachtstag. Es widersprach Bennos Benimmregeln, an Feiertagen einen unangemeldeten Besuch zu machen, um Jugendkontakte aufzufrischen. Benno war lange unentschlossen, bis er sich einredete, ohne den Besuch bei Backes würde er kneifen, denn einen passenden Zeitpunkt würde er so lange vor sich herschieben, bis er wieder unpassend war.

Backes' Hof lag unter Eichen. Selbst bei Sonnenschein gaben die Bäume viel Schatten und dunkelten den alten roten Backstein ein. Neben dem Haus lag ein Haufen Bauschutt; Heuwender, Egge und Pflug trugen mehr Rost als einstmals rote und grüne Farbe. Vor dem Haus stand nur ein Auto, der rote Passat. Benno schlenderte wie ein Spaziergänger am Haus vorbei, blieb stehen, und ging dann entschlossen zur Tür und schellte.

Silke öffnete. Sie schien Benno nicht zu erkennen, ihr Blick blieb abweisend und das Gesicht regungslos.

Benno sagte: »Kennst du mich nicht mehr? Ich sah euer Auto vor dem Haus stehen und dachte, ihr habt vielleicht keinen Besuch, und ich würde nicht stören. Ich bin auch nicht so oft in Apeln.«

»Verschwinde«, sagte Silke. Und ins Haus: »Es ist Benno Schmidtbauer.«

»Arschloch«, tönte es von hinten.

»Du hast es gehört.« Silke. lächelte nun und sah trotz ihrer Blässe anziehend aus.

»Ich möchte mich mit dir treffen«, sagte Benno.

»Mach endlich die Tür zu«, rief die Stimme von hinten.

»Ich fahre morgen zum Einkaufen, gegen zwölf.« Benno nickte.

»Ich habe ihn rausgeworfen«, rief Silke und schloss die Tür lautstark.

Was übertrieben war, dachte Benno, denn sie hatte ihn erst gar nicht hereingelassen. Gerds Aggressivität konnte er nicht verstehen. Schließlich hatte er doch Silke.

Benno lieh sich Vaters Wagen. Er fuhr bereits um halb zwölf in Richtung Apeln, um Silke nicht zu verpassen. Es gab keine Möglichkeit, den Wagen unterwegs versteckt abzustellen; die Baumgruppen und Strauchgehölze standen hinter den Umzäunungen an den Wiesenrändern und boten keinen Sichtschutz. Zwangsläufig kam ihm die Erkenntnis, dass er alt genug und mündig war und nicht nötig hatte, Silke aufzulauern und ihr hinterher zu fahren. Am Ortseingang parkte er am Straßenrand. Hier musste Silke vorbeikommen, wenn sie in Apeln einkaufen würde.

Bennos Geduld wurde über Gebühr strapaziert. Als er um viertel nach zwölf enttäuscht aufbrechen wollte, fuhr der rote Passat vorbei. Er folgte Silke bis zum Parkplatz eines Discountmarktes, nahm einen der großen Einkaufswagen und schob ihn durch den Eingang.

Er stellte Silke bei den Konserven, zwischen Leipziger Allerlei und Roter Beete. Silke nahm ein Glas aus dem Regal und hielt es ihm hin.

»Ich mag keine Rote Beete«, sagte Benno.

»Warum bist du gekommen?«

»Aus alter Verbundenheit, vielleicht.«

»Die muss steinalt sein, nach so vielen Jahren, und nicht mehr zu gebrauchen. Wahrscheinlich bereits verstorben.« Dann wurde Silke blass im Gesicht; sie wirkte in ihrer Magerkeit verbraucht. »Du schuldest mir ein Leben«, sagte sie leise.

Das Glas Rote Beete zerschellte auf dem Boden. Silke hatte es mit Absicht fallen gelassen, wie Benno sofort klar wurde. Sie griff ins Regal und holte ein weiteres Glas heraus. Es zerbrach auf dem Boden und spritzte den Gang voll.

Silke richtete ein Blutbad an.

Zuerst kam eine Verkäuferin. Sie sah, wie Silke raste, hielt sich die Hand vor den Mund, gluckste und rannte davon. Gleich würde der Filialleiter auftreten. Andere Kunden wurden durch den Lärm aufmerksam und schauten in den Gang; einer von ihnen feuerte spontan Silke an.

Was zwischen ihm und Silke vorging, hatte die verdammte Öffentlichkeit nicht zu interessieren, auch wenn sie hier ausnahmsweise an dem Spektakel teilhaben durfte. Benno nahm selbst ein Glas und ließ es vor den Füssen des Mannes zerplatzen. Wütend schrie der auf, aber Benno bedeutete ihm mit einer Handbewegung, was er zu erwarten hätte, wenn er sich nicht schleunigst verdrücken würde.

Dann war es wieder ruhig, nur Silke weinte. Wenige Augenblicke später kam ein Mann um die Ecke. Benno sah, wie er rot anlief und Atem holte, um seiner Stimme die notwendige Autorität zu geben – der Filialleiter, wie Benno richtig vermutete. Sie hätten sich beim Herausnehmen der Gläser übernommen, sagte Benno, und dabei sei einiges zu Bruch gegangen. Nur das eine Glas dort – Benno zeigte in den Gang –, habe er demjenigen Kunden zugedacht, der das Missgeschick der Dame schamlos ausgenützt und zu allgemeiner Zerstörungswut aufgerufen habe. Ob zwanzig Euro für das Saubermachen und Aufwischen ausreichen würden?

Am Ende der Diskussion zahlte Benno fünfzig Euro und den Wert der zertrümmerten Gläser. Silke sah er nicht mehr.

Mutter wollte wissen, was er in Apeln eingekauft hätte, wo es doch in der Stadt mehr Kaufhäuser und Geschäfte und ein größeres Angebot als in Apeln geben würde. Benno erklärte, er würde immer dann kaufen, was er brauche, wenn er Zeit hätte, und die sei nun einmal knapp, wo er kaum vor sieben aus dem Büro käme, und schob gleich einen erfundenen Anruf aus der Firma vor, der ihn heute zur Abreise zwinge, weil er morgen im Büro gebraucht werde. Fluch der Mobiltelefone, erwähnte er, als sei damit eine Schuldzuweisung an eine höhere Instanz verbunden, und blöd, dass er den Wagen nicht dabei habe. Wenn Vater ihn bis zum Abzweig Lukas bringen würde, brauche er nur einmal umsteigen und er könnte bis sechs Uhr am Abend bleiben.

Bis dahin war noch eine Menge Zeit. Mit Marie Luise war die Zeit immer knapp gewesen, weil sie so schnell wie möglich zurück nach Hause wollte. Benno begann, über die alten Zeiten zu reden, über seine Erlebnisse auf dem Schulweg, wenn ihn auf dem Hinweg erst die Brüder Backes auflasen und später Rainer Wöllkens dazu stieß; auf dem Heimweg dann umgekehrt. Rainer sei immer der Außenseiter gewesen, weil er die kürzeste gemeinsame Strecke mit ihnen gehabt habe, und von den Backes-Brüdern habe er nie genau gewusst, was sie auf dem einen Kilometer ausheckten, den sie allein zurücklegten.

Sein Vater nickte einige Male, während Benno erzählte. Verstanden hatte er ihn nicht, vermutete Benno, weil er keine Fragen stellte und einfach nur zuhörte, als seien in seinem Alter alltägliche Kindergeschichten schon zu weit entfernt.

Das, was Benno wissen wollte, fragte er zuletzt.

Die Silke sei ein anständiges Mädchen, wie man erzählt habe, sehr fleißig im Haushalt. Die Landwirtschaft, von der sie damals nichts verstand, sei kein Hinderungsgrund gewesen; sie habe einfach zugegriffen, als sie die Chance erhielt, von der Haushaltshilfe bei Mertens zur Bäuerin auf dem Backes-Hof zu werden. Ein ungewöhnliches Jahr – erst eine

Hochzeit und dann zwei Todesfälle. Jochen, der alte Backes, sei in der Scheune von der Leiter gestürzt, als er vom Heuboden herunter wollte, und seine Frau keine zwei Monate später an einer Lebensmittelvergiftung gestorben. Den Fisch hatte sie nachweislich selbst vier Tage vorher gekauft. Bernskötter, der Kaufmann, habe im Ort gleich Front gegen die Backes gemacht und behauptet, die wollten ihn verleumden und womöglich verklagen. Und jedem, der vor der Theke stand und sich auf das Thema einließ und an Vermutungen beteiligte – und das war letztendlich der gesamte Ort, zeigte er die auf Trockeneis liegenden Fische.

»Du musst dir das vorstellen, wenn du in keinem Geschäft mehr einkaufen kannst«, schloss Vater den Bericht ab. »Kein Brot beim Bäcker, keine Wurst beim Metzger, und alles in ehrlicher Absicht – schließlich will man niemandem schaden. Nach einigen Wochen ist die Hysterie vorbei gewesen, aber ab wann Silke und Gerd wieder zum Einkaufen nach Apeln gekommen sind, weiß wahrscheinlich niemand mehr genau.

»Ich habe Silke Backes heute zufällig gesehen. Sie war beim Discounter.«

»Den gab es damals noch nicht.«

»Ich habe für Backes eingekauft, etwa zwei Monate lang«, sagte Mutter von der Tür her.

Benno schaute über die Schulter zurück. »Du?«

»Das war doch kein Umstand. Vieles hatten sie ohnehin aus der Landwirtschaft und dem Garten. Wenn ich einen Einkauf ablieferte, war der Gerd oftmals wütend und hat aller Welt gedroht. Silke war mir dankbar, sie blieb aber sehr einsilbig. Sie hatte eine Fehlgeburt – ein totes Kind im sechsten Monat. Davon hat sie sich nie richtig erholt.«

»Schrecklich«, sagte Benno und fühlte sich nicht wohl dabei, für so viel geballtes Unglück nur ein einziges Wort des Bedauerns gefunden zu haben. Er müsse noch seine Tasche packen, sagte er, um seinen plötzlichen Aufbruch zu rechtfertigen.

Wenig später verschwand er durch den Vordereingang zur Straße, nach links in Richtung auf die Heide. Er war sich nicht sicher ob es Sinn machte, Silke und Gerd zu besuchen, und ebenso wenig machte es Sinn, zu Backes' alter Scheune zu gehen. Sein Verhalten damals war nicht richtig gewesen, aber auch nicht so schuldhaft beladen, dass er wie ein Mörder zwanghaft zum Tatort schleichen musste. Vielleicht ließen sich in der Scheune die Gedanken ruhiger fassen, die seit der Begegnung mit dem roten Passat mühsamer zu ordnen waren; die äußerliche Ruhe kostete ihn mehr Anstrengung als sonst.

Die Scheune war nicht abgeschlossen. Weiße Ballen mit Heu lehnten an der Giebelwand, auf der anderen Seite stand eine ausgemusterte Holzkarre für die Feldarbeit. Ein Holm war abgebrochen, in der Mitte hingen noch das Holz und die verrosteten Ketten, mit denen das Zugtier angeschirrt wurde.

Vom tragischen Tod der Backes hatte Benno gehört, damals aber nicht wirklich interessiert. Statt an den Wochenenden nach Hause zu fahren, ließ er sich zum Wachdienst einteilen, natürlich gegen Bezahlung. Dreißig Mark nahm er für einen Dienstplantausch am Samstag oder Sonntag. Ruhig war's, und gegen die Langeweile besorgte er sich zerlesene Illustrierte oder Jerry-Cotton-Heftromane, oder einen Roman aus der kleinen Bibliothek im Offizierskasino. Gänzlich verzichtete er nicht auf die Heimfahrten, denn dass ein Soldat überhaupt kein freies Wochenende hatte, konnte er selbst seiner Mutter nicht weismachen. Er schob die langen Fahrzeiten vor und dass er nicht immer bei einem seiner Kameraden eine Mitfahrgelegenheit zum Bahnhof bekäme.

»Woran denkst du?«

Benno fuhr überrascht herum.

»Ich habe dich vom Fenster aus gesehen, wie du zur Scheune gegangen bist. Ich stehe oft am Fenster. Gerd sagt, wenn ich nicht vom Fenster weggehen würde, bringt er mich in die Klapsmühle.«

»Bitte?«

»Ich schaue einfach nach, was es im Leben noch gibt. Aber es verändert sich nichts. Jahrein, jahraus das gleiche Bild. Früher hat mich das Unveränderliche zur Verzweiflung gebracht, jetzt macht es mir nichts mehr aus. Es ist besser, nach draußen zu gucken als mich umzudrehen.«

Benno benötigte einige Sekunden, um das, was Silke gesagt hatte, zu begreifen. »Du bist unglücklich.« Diese Feststellung war überflüssig, doch wieder fiel ihm nichts anderes ein.

»Ich auch«, fügte er an.

»Wenigstens etwas«, höhnte Silke.

»Ich war erschreckt, als ich dich auf dem Weg zu Kirche sah. Bist du krank?«

»Willst du mich etwa auch einliefern?« Silke machte einen Schritt auf Benno zu.

Benno versuchte, Silke zu beruhigen. Plötzlich waren alle Floskeln wieder da, die er schon bei Marie Luise gebraucht, hatte, dass man über alles reden könne und sich für jede Schwierigkeit eine Lösung finden würde, wenn man nur eine wolle.

Marie Luise wollte keine.

Benno wurde schwindelig. Er ging auf die andere Seite der Scheune und setzte sich auf einen Heuballen. Silke stand wieder vor ihm, für einen Moment mit dem hübschen verliebten Gesicht von damals, das ihn jetzt hohlwangig ansah. Bei Licht betrachtet hatte er sich eine Schweinerei erlaubt, sicherlich unbedarft und ohne das gewollt zu haben, was sich daraus entwickelt hatte. Er wusste es in dem Augenblick, als Gerd sich von Silke wälzte und Benno noch einmal von ihr Besitz ergreifen wollte. Silke hatte ihn entsetzt angesehen und er hatte sich ohne ein weiteres Wort aus dem Staub gemacht.

»Ich bin schwanger geworden«, sagte Silke leise. »Du warst bei der Bundeswehr und hast dich nicht mehr blicken lassen. Gerd hat sich zu dem Kind bekannt, obwohl es deines sein musste, weil Gerd mir vor Aufregung auf den Bauch gespritzt hat. Warum sollte ich Gerds Antrag ablehnen? Einige Wochen später hatte ich eine Fehlgeburt. Der Arzt sagte mir, ich könnte keine Kinder mehr bekommen. Verwachsungen in der Gebärmutter»

»Das tut mir leid.«

»Was?« zischte Silke. »Die Fehlgeburt deines Sohnes oder dass du mich hast sitzen lassen?«

»Herrgott, ich war neunzehn, und du fünfundzwanzig. Ich war stolz darauf, dass du dich für mich interessiert hast. Für mich warst du wie eine erfahrene Frau und deshalb eine Eroberung. Ich dachte, ich sei wer weiß was, als du zum ersten Mal mit mir geschlafen hast. Nur Liebe war es nicht. Als mir Gerd gestanden hatte, dass er in dich verknallt sei, habe ich ihm großspurig versprochen, dass du auch mit ihm schlafen würdest. Diese Abmachung und nicht meine Einberufung am nächsten Tag war der Grund, dich damals hier zu treffen. Trotz allem – du hättest Gerd abweisen können. Ich hatte sogar fest damit gerechnet.«

»Gerd war ehrlicher als du, zumindest in dieser Situation. Er war so schüchtern, dass er glaubte, mir vorher alles erklären zu müssen, während du draußen standest. Warum ich mich mit ihm eingelassen habe? Aus Mitleid vielleicht, oder aus einem mütterlichen Instinkt.«

»Dreht euch um«, tönte Gerds Stimme aus dem Hintergrund.

Silke schrie, überrascht und spitz. Benno sah das Gewehr, mit dem Gerd auf sie deutete.

»Ich sollte dich erschießen, Benno, aber dann würde ich Silke einen Grund liefern, ihr Leben lang um dich zu trauern. Ich habe mir das genau überlegt. Ich bin nicht mehr so einfältig wie damals.«

»Gerd!« sagte Benno, so eindringlich wie möglich.

»Du kennst mich also noch. Ein Gewehr frischt die Erinnerung ungemein auf.«

»Unfug!« widersprach Benno. »Die gemeinsame Kindheit trägt man doch wie eine zweite Haut, die man nicht ablegen kann. Bitte!«

Gerd lachte. Ein Schuss krachte und Silke knickte ein, die Augen weit aufgerissen. Benno lief zu ihr und hob ihren Kopf. Sie atmete noch. Er müsste jetzt etwas sagen, dachte er, etwas wie ›Ich bin bei dir‹, aber das wäre eine Lüge gewesen, vor der er selbst als Trost für eine Sterbende zurückschreckte. Viel mehr als sein eigenes Unvermögen traf ihn Silkes Blick. Als die Überraschung über den Schuss aus ihrem Gesicht wich, verblieb dieselbe maskenhafte Gleichgültigkeit, mit dem sie ihm gestern die Tür geöffnet hatte. Sie schaut durch ihr Fenster, dachte Benno, will uns aber an der veränderten Aussicht nicht teilhaben lassen.

Peace-Box

Manche Dinge verändern sich so schnell, dass ich mit den Umstellungen nicht mehr nachkomme, dachte Benno. Er drückte den roten Knopf auf der Fernbedienung und der Bildschirm wurde schwarz. Längst war die Fernseh-Dokumentation im Strudel seiner Gedanken untergegangen.

Was Benno unumstößlich schien, wackelte und wurde plötzlich infrage gestellt, nicht nur, wie es zu Marie Luise der Fall war, sondern zu ganz alltäglichen Dingen, seit er selbst einkaufen musste. In seinem Stadtteil hatte der letzte Vollsortimenter sein Geschäft im vergangenen Monat geschlossen und hinterließ das Feld zwei Discountern. In das Herrenfachgeschäft war schon vor einem halben Jahr ein ›Textil-Supermarkt‹ eingezogen. Seine nächste Hose würde er sich wohl vom Wühltisch ziehen müssen.

Benno empfand bei dieser Entwicklung den Verlust an Individualität, obwohl er sich ehrlicher Weise eingestand, von der Reichhaltigkeit im Angebot wenig Gebrauch gemacht zu haben. Es gibt Leute, die immer die gleiche Wurst vom gleichen Hersteller essen, weil keine andere beim Discounter angeboten wird. Benno wollte wählerisch sein dürfen. Die beim Metzger gekaufte Wurst sei auch immer die gleiche, meinte Marie Luise und warf ihm damals eine überwiegend negative Einstellung vor. Benno verstand ihren Vorwurf nicht. Wie sich später zeigte, war gerade die Eintönigkeit des Alltags ein mitentscheidender Grund für die Trennung, zu den sich infolge wachsender Unzufriedenheit ergebenden Streitigkeiten.

Als das alteingesessene Haushaltswarengeschäft seinen Räumungsverkauf wegen Geschäftsaufgabe plakatierte, war Benno betroffen. Alle Jubeljahre hatten sie dort Defektes und Gebrauchtes ersetzt und sich zwischen Porzellan, Glas und Edelstahl wohl gefühlt. Fünfzig Meter weiter wurde ein neuer Laden eröffnet – selbstverständlich mit einem ›di‹ im Namen –, der immer nur das anbietet, was an Geschirr, Gläsern und Töpfen aktuell verramscht werden muss.

Am gleichen Tag sprang Benno eine andere Neueröffnung ins Auge: ›Frieden‹, ein Bestattungsinstitut mit Tiefstpreisen und einem stilisierten Ölbaumzweig hinter dem Namen. Mein Gott, dachte er, bislang hatte er sich mit seiner Beerdigung noch nicht beschäftigt, dafür war es an Jahren und der allgemein prognostizierten Lebenserwartung noch zu früh. Eine Bestattung kostete sechstausend Euro und mehr, wusste er aus der Erfahrung, seine Schwiegermutter zur letzten Ruhe gebracht zu haben. Einem Verstorbenen die letzte Ehre zu erweisen ist ein Moment von immenser Dichte und nicht nachzubessern. Das rechtfertigte für Benno die Höhe der Rechnung. Bei den Tiefstpreisen von ›Frieden‹ dachte er an Spanplatten aus Pappelholzspänen mit Birkenfurnier, was man eben so braucht, um eine Leiche zum Discountpreis in den Ofen zu schieben. Es waren die Tiefstpreise, die diese respektlose Vorstellung ihn ihm auslösten und sogar Empörung in ihm hervorriefen. Lebensmittel, Bekleidung und was sonst noch war er bereit, notfalls in Discountläden zu kaufen, aber keine Bestattung. Tiefstpreise für diese Dienstleistung empfand er wie einen weiteren Verfall der guten Sitten.

Jeden Tag fuhr Benno auf dem Weg zur Arbeit an ›Frieden‹ vorbei und jeden Tag empörte er sich, aber jeden Tag auch ein bisschen weniger. Als er schon längst nicht mehr an die Tiefstpreise von ›Frieden‹ dachte, betrat er unvermutet, ohne bestimmte Absicht das Bestattungsinstitut. Ihm war eine Sicherung durchgebrannt. Neben dem Bestattungsinstitut gab es ein Elektrofachgeschäft, das einzige weit und breit, in dem er eine einzelne 50-Ampere-Sicherung kaufen konnte anstelle des Zehnerpacks im Baumarkt, bei dem er hochgerechnet einhundertsechsundfünfzig Jahre alt werden musste, um die Packung aufzubrauchen.

Der Bestatter war dunkel gekleidet. Darin unterschied er sich nicht von der etablierten Konkurrenz. Seine Stimme war dem Gewerbe entsprechend unaufdringlich. Er fragte nach dem Anlass und erwähnte, ohne eine Antwort abzuwarten, der Verblichene könne selbstverständlich noch heute abgeholt werden, und mit Ausnahme der behördlichen Gebühren würden für die Abwicklung der Formalitäten keine Extra-Kosten berechnet.

All inclusive, dachte Benno. Was, in drei Teufels Namen, hatte er eigentlich in einem Bestattungsinstitut zu suchen? Plötzlich fühlte er sich verlegen wie ein Blödmann. Allerdings war auch die Traurigkeit, die ihn schon seit Tagen begleitete, wie weggeblasen, was ihm einen weiteren irrwitzigen Gedanken einbrachte: den Beruf zu wechseln Er wolle sich nur informieren, stotterte er, der Todesfall sei noch nicht eingetreten.

»Ich verstehe«, sagte der Bestatter. Die günstigen Pauschalangebote seien bis zu sechs Monate gültig. Immer mehr Menschen würden ihre letzten Angelegenheiten selbst regeln, statt sie den oft überforderten Angehörigen zu überlassen.

»Ich bin mir noch nicht sicher.« Überstürzt verließ Benno den Laden. Draußen holte ihn die Traurigkeit wieder ein, jedoch stärker als vorher und begleitet von einer bisher unbekannten Unruhe, die sich allmählich in eine Art von Panik steigerte und sich in seinem Hals festsetzte.

Als Benno wieder hoch schaute, saß er hinter dem Steuer seines Wagens. Er riss die Fahrertür auf, stolperte über die Bordsteinkante und klammerte sich nach wenigen Schritten an einen Laternenmast. Sein Atem ging schnell und flach. Bilder bedrängten ihn. Er schloss die Augen, um die Trauergesellschaft aus seinem Kopf zu werfen, doch die Dunkelheit löste Panikgefühle aus – er hörte, wie Schippe um Schippe Erde auf den Sargdeckel fiel. Als er nach Luft schnappte und die Augen wieder öffnete, war ihm klar, dass er ein Taxi brauchte, um nach Hause zu kommen.

Am nächsten Tag meldete sich Benno krank. Für solche plötzlichen Ausfälle eigneten sich Magen-

Darm-Verstimmungen besonders gut, sie waren kurzfristiger Natur und Benno musste keine Hustenanfälle oder Heiserkeit simulieren. Allerdings verpasste er eine von Direktor Mühlmann angesetzte außerordentliche Mitarbeiterbesprechung. Ganz gegen den allgemeinen Trend zu flachen Hierarchien hatte der Vorstand zwei Führungspositionen im Direktionsbereich von Mühlmann neu besetzt. Wieder einmal hatte sich Mühlmanns Weitsicht bewährt, dem es gelungen war, die Streichung dieser scheinbar nicht mehr benötigten Stellen zu verhindern. Die Bedeutung unserer Aufgaben im Unternehmen sei gewachsen, habe Mühlmann die Maßnahme begründet, aber ›unter uns‹, so Christian Becker, ein eleganter Schachzug, um Ungscheid endlich die versprochene Beförderung zu spendieren und Direktor Mühlmann durch eine zusätzliche Ebene unter ihm aufzuwerten. Der andere sei ein neuer namens Steinberg, der von der Konkurrenz zu uns gewechselt sei und dem Klaus Mertens und Benno zugeordnet worden seien.

Solche Nachrichten waren immer ein Grund für Benno nachzugrübeln, was an der eigenen Leistung nicht gestimmt hatte, um in den Kreis der Beförderten aufgenommen zu werden. Ganz gegen die alte Gewohnheit ließen ihn die Neuigkeiten diesmal kalt. Er komplimentierte Christian mit einem angeblichen Eilauftrag von Mühlmann aus dem Büro. Tatsächlich hätte Benno keine Minute länger ruhig auf seinem Bürostuhl sitzen können: Er nahm seinen unendlichen Weg zwischen Tür und Fenster wieder auf.

Wie ein chronischer Husten setzten sich die Beklemmungen bei Benno fest. Der Morgen begann mit der Erkenntnis, ein weiterer sinnloser Tag stehe ihm bevor. Es gelang ihm, sich einigermaßen auf die Arbeit zu konzentrieren und die Arbeitszeit zu überstehen. Im Kollegenkreis hielt man sein lustloses Gesicht für schlechte Laune, und worauf diese zurückzuführen sei, lag nach Meinung der Kollegen auf der Hand. Abends, wenn er das Haus betrat, erreichte Bennos Stimmung ihren Tiefpunkt. Zuletzt hatte er Mühe, den Schlüssel ins Schloss zu stecken und die Haustür zu öffnen, nur um ja nicht in dieses Alleinsein zurückzukehren, bei dem ihm die Zimmerdecken einen halben Meter tiefer gesetzt erschienen. Er vergaß jetzt häufiger, Ricki von Schellenbergs aus der Tagesbetreuung abzuholen. Immer wenn er sich im Laufe des Abends an das Versäumnis erinnerte, kam ihm der ausgefallene Spaziergang mit dem Hund wie ein weiterer Verlust an Lebensqualität vor.

Neuerdings fühlte er dumpfe Traurigkeit, wenn er am Bestattungsinstitut ›Frieden‹ vorbeifuhr. Ob es der Name war, der ihn bedrückte? Benno begann, in sich hineinzuhorchen. Er bemerkte, dass sich seine Gedanken häufig im Kreis bewegten, immer an Tod, Sterben, Frieden und ewiger Ruhe entlang, und je weiter er sich auf dem Heimweg vom Bestattungsinstitut entfernte, umso heftiger bedrängte Traurigkeit sein Denken und griff nach seiner Kehle.

Vielleicht war es der Wunsch, dem allen ein Ende zu setzen, vielleicht lag dem keine konkrete Überlegung zu Grunde, dass Benno das Bestattungsinstitut wieder betrat. Der Bestatter begrüßte ihn mit Wiedererkennung; seine Mundwinkel verzogen sich ansatzweise zu einem Lächeln in dem seit Jahren von Mitgefühl zerfurchten Gesicht. Er fragte, ob der Trauerfall nunmehr eingetreten sei, und als Benno verneinte, lobte er – wie bei Bennos erstem Besuch – die Absicht, sich frühzeitig selbst um Alles zu kümmern. Er zeigte ihm, weiter hinten im Laden, wo sich das Tageslicht im fensterlosen Dunkel verlor, dezent beleuchtete Särge; Eichen-, Birken- und Kiefernfurnier, alles auf Spanplatte und schnörkellos, was der Bestatter als schlicht und würdevoll bezeichnete; innen glattes weißes Leinen, das nicht wie ein Faltenrock im Sarg ausgeschlagen werden musste. Es gäbe sogar Särge von Colani, schwarz und hochglanzpoliert, erzählte der Bestatter, aber selbstverständlich nicht zu Tiefstpreisen. Aber was habe der Verstorbene davon? Einen Designer-Sarg müsse man sich frühzeitig besorgen, damit man selbst auch Freude an ihm hat und die Hinterbliebenen finanziell entlaste. Soweit müsse es erst gar nicht kommen, meinte der Bestatter. Er zeigte auf einen auffallend einfachen Mahagonisarg. Das sei die Peace-Box, erklärte er, 60 % Altpapier und 40 % Zellulose, wasserdicht, faltbar und auslaufsicher, mit aufgedämpfter Holzstruktur. Die Emissionswerte seien besser als die von Holz und bei der Feuerbestattung entstünde keine Flugasche.

Das waren überzeugende Argumente. Einen Colani-Sarg konnte Benno sich nicht leisten, und wer weiß, wer was für ihn aussuchen würde, wenn es so weit sein würde.

»Ich nehme die Peace-Box. In Eiche«, entschied Benno. Der Bestatter führte Benno wieder nach vorne und bat ihn, vor einem in schwarz gehaltenen Schreibtisch Platz zu nehmen. Er öffnete einen in Kunstleder gebundenen Katalog.

»Bei der Peace-Box bieten wir nur einen Standard-Innenausschlag an. In Leinen. Tragegriffe entfallen, sie können sich aber ein Deckelkreuz aussuchen. Hier.« Der Bestatter blätterte einige Seiten um. »Haben sie schon eine Vorstellung über die Aufbahrung in der Trauerhalle? Wenn Sie das Sargkreuz ausgesucht haben, zeige ich Ihnen einige Musterdekorationen.« Der Bestatter bohrte einen Zeigefinger unter einen Reiter des Kataloges, um die entsprechenden Seiten gleich aufschlagen zu können.

»Wer weiß, wann es soweit ist...« Benno zögerte. »Die Peace-Box nehme ich gleich heute mit.«

Der Bestatter wurde plötzlich nervös. Er hätte noch nie ohne Todesfall einen Sarg außer Haus verkauft, wandte er ein. Benno entgegnete, wenn eine Mitnahme nicht möglich sei, mache es auch keinen Sinn, dass der Sarg faltbar sei. Nach kurzem Nachdenken willigte der Bestatter ein. Benno vermutete, dass sie beide die gleiche Erkenntnis hatten: Er würde den Sarg nicht benutzen können, denn er war weder tot noch gewerblich zugelassen, andere Tote zur letzten Ruhe zu verhelfen – für den Bestatter ein unverhoffter Zusatzverdienst.

»Ich helfe Ihnen«, sagte der Bestatter, »die Peace-Box wiegt zwar nur zwölf Kilo, aber die Maße…« Im Innenraum des Wagens reichte sie von der Windschutzscheibe bis zur Heckklappe, als sei das Fahrzeug extra für diesen Zweck gebaut worden. »Sie müssen in den Kurven aufpassen, dass die Peace-Box nicht verrutscht und Sie sich verletzen. Haben Sie es weit?« Der Bestatter prüfte den von dunklen Wolken verhangenen Himmel. »Ein bisschen Regen hält die Peace-Box aus, wenn Sie sie ins Haus tragen.«

Er könne direkt in die Garage fahren, entgegnete Benno. Zuhause brachte er die Peace-Box in den Keller zu den anderen Dingen, die er im Moment nicht brauchte. Leider passte sie nicht ins Regal wie sein Vorrat an Glühbirnen und Konserven. Benno hatte noch die Stimme des Bestatters im Ohr: Die Peace-Box könne auch von Ungeübten in wenigen Minuten entfaltet und aufgebaut werden – nicht viel aufwändiger als die Umzugskartons in der Firma, wenn wieder einmal aufgrund organisatorischer Veränderungen die Büros neu belegt wurden. Benno stellte die Peace-Box mittig im Raum auf, mit dem Blick auf das Kellerfenster, denn seiner Einschätzung nach versinkt der Mensch mit dem Sarg nur scheinbar im Dunkel. Die Seele hat sich längst zum Licht empor geschwungen.

In der Nacht nach dem Kauf schlief Benno unruhig. In einem Traum betrog ihn Marie Luise und er schaute hilflos und wie gelähmt zu. Es musste ein Traum in der Aufwachphase gewesen sein, denn er war beim Aufstehen so wütend, als stünde ihm die Trennung noch bevor. Seine Fantasie glaubte sich an eine Szene aus einem Film zu erinnern, in der das gemeinsame Bett mit Axt und Säge zerlegt wurde. Weil Samstag war und Benno nicht zur Arbeit musste, schritt er gleich zur Tat: Er holte den passenden Schraubendreher und schaffte die überflüssigen Teile in den Keller. Allein erwies sich seine Hälfte des Bettes als nicht standfest. Das Natürlichste wäre gewesen, das Bett wieder zusammenzuschrauben, aber allein schon der Gedanke weckte in ihm beklemmende Widerstände, das Schlafzimmer überhaupt noch zu betreten. Also trug er seine Hälfte des Bettes ebenfalls in den Keller und das Bettzeug kurzerhand ins Wohnzimmer.

In der folgenden Nacht schlief Benno noch schlechter. Die Polsterung einer Couch ist eben keine Matratze. Das ehemalige Schlafzimmer war zu einem geräumigen Ankleidezimmer geworden, jedoch störte ihn, wenn er morgens herunter kam, im Wohnzimmer das nicht weggeräumte Bettzeug. Kurz entschlossen trug er das Bettzeug in den Keller und verstaute es in der Peace-Box. Er überlegte, den Kleiderschrank auch im Keller aufzubauen, doch er verwarf diesen Gedanken angesichts der Mühe, den dieser Umbau machen würde.

Benno war in letzter Zeit häufiger betrunken. Er wertete dies nur als eine unbedeutende Veränderung zur Maßlosigkeit, eine Grenzüberschreitung ohne die Furcht, sich rechtfertigen zu müssen. Die Zäune waren unverrückt, aber sie hatten keine Bedeutung mehr für ihn. Sie bedrückten ihn auf dieser Seite ebenso sehr wie sie ihn jenseits ängstigten.

Abends trug er das Bettzeug wieder nach oben. Weil es schon mal im Wohnzimmer war, lag er jetzt immer schon zu den Abendnachrichten im Pyjama auf der Couch. Wenn er müde war, brauchte er nur zur Fernbedienung zu greifen und das Glas auf dem Couchtisch abzustellen.

Eines Morgens wachte Benno – ohne dass er sich erinnern konnte, warum – im Keller auf und starrte auf das helle Rechteck des Kellerfensters.. Er lag enger als im Bett oder auf der Couch. Die Wände des Sarges gaben seinen Armen festen Halt, ohne ihn zu bedrängen. Wie praktisch, dachte er, nie wieder würde er sich im Schlaf in den Raum zwischen Couch und Tisch rollen und sich den Kopf am Tischbein stoßen. Er erhob den Oberkörper, stütze sich vorsichtig auf dem Rand ab und stieg unsicher aus dem Sarg, weil ihm beim Aufstehen das Blut durch den Körper rauschte.

Nach dem Frühstück sah er wieder klarer. Es gab keinen Grund, sich Vorhaltungen zu machen, weil er zu viel Wein getrunken hatte, im Gegenteil. Offenbar förderte der Alkohol seine Kreativität und gebar Gedanken, auf die er nüchtern gar nicht gekommen wäre. Bis zum Abend hatte er im Kellerraum eine Doppelsteckdose und einen Antennenabzweig für das

Fernsehgerät installiert. Im Wohnzimmer ließ er die Rollläden herunter und schloss die Tür ab. Später trug er noch einen Sessel hinunter, weil die liegende Stellung fürs Fernsehen zu unbequem war.

Vor dem Einschlafen dachte er an die im Wohnzimmer zurückgelassenen Bücher. Sie waren nicht aus der Welt, wie die wegen der lästigen Pflege schon längst zu Abfall gewordenen Topfblumen, sondern nur auf Distanz. Benno griff nach dem Sargdeckel, der bisher nutzlos zur Seite geklappt war. Es war nicht einfach, ihn von innen zu schließen. Benno atmete tief durch, schloss die Augen und öffnete sie wieder. Die Sicht blieb schwarz, undurchdringlich, es gab nichts mehr. Er hatte an Panik geglaubt, während er die Peace-Box schloss, und verfiel stattdessen in Euphorie.

Als Licht auf sein Gesicht fiel, öffnete Benno die Augen. Die plötzliche Helligkeit tat weh, und so kniff er die Augenlider wieder zusammen. Ein Schemen blieb in seinem Blickfeld. War das eine Uniform?

»Er lebt!« sagte eine männliche Stimme.

Benno fuhr wie ein Stehaufmännchen in die Höhe. Er schwankte und setzte ein Bein auf den Kellerboden. Mit dem anderen Bein blieb er am Rand der Peace-Box hängen und verlor das Gleichgewicht. Ein Polizist sprang hinzu und konnte den Sturz abmildern, aber nicht verhindern.

»Da ist er wieder. Haben Sie Schmerzen?« war das Nächste, was Benno hörte. Er tastete an seinem Kopf.

Vorne rechts fühlte er eine Beule, darunter dumpfen Schmerz, der sich von der Stirn in Wellen unter der Schädeldecke ausbreitete.

»Wir lassen Sie vorsichtshalber ins Krankenhaus bringen. Können Sie sich anziehen?«

Benno nickte. Die beiden Polizisten folgten ihm die Treppe hoch. Er erntete erstaunte Blicke, als er in Anzug, weißem Hemd und Krawatte aus dem Schlafzimmer kam. »Ich muss doch ins Büro«, glaubte er erklären zu müssen.

»Vorausgesetzt, der Kopf ist noch in Ordnung.« Von draußen näherte sich der Ton einer Sirene. Sie verstummte vor dem Haus.

Benno wurde für die Fahrt im Krankenwagen genötigt, sich auf die Liege zu legen. Der Mann in der gelb-rot gestreiften Jacke neben ihm öffnete Bennos Hemdsärmel, schob ihn nach oben und legte eine Manschette um den Oberarm. Kurz schien der Arm wie abgeschnürt.

»140 zu 90«, sagte der Sanitäter, zog das Stethoskop aus den Ohren und löste die Manschette. Benno wollte aufstehen, doch der Sanitäter schob ihn auf die Liege zurück. Benno wehrte sich nach Kräften, so dass der Sanitäter ihn mit beiden Armen und seinem gesamten Körpergewicht niederdrücken musste.

Die Last auf Bennos Brust nahm ihm den Atem. Er glaubte zu ersticken, japste, und krächzte um Hilfe. In diesem Moment nahm der Wagen eine Kurve, der Sanitäter rutschte von Benno herunter, der, vom Druck befreit, zunächst noch mit Armen und Beinen strampelte und dann ruhig dalag. Er musste raus aus dem Wagen. Nicht sofort aufzuspringen und wegzulaufen kostete ihn eine Anstrengung, die nur durch ein Zittern der Beine auszuhalten war, als wollte er ihnen die Flucht ermöglichen, zu der er selbst im Augenblick nicht fähig war.

Ab jetzt gab Benno auf. Die Sanitäter rollten ihn auf der Liege in die Notaufnahme. Weiße Kittel bewegten sich geschäftig durch den Raum, einer leuchtete in Bennos Pupillen und fragte nach Schmerzen.

»Keine, so, so«. Der Arzt erkundigte sich nach Bennos Namen, dem heutigen Datum und fragte, ob Benno wisse, wo er sich befinden würde. Woher er das denn wissen sollte, antwortete Benno unfreundlich, man habe es ihm schließlich nicht mitgeteilt.

»Zum Röntgen«, ordnete der Arzt an.

Später befand sich Benno in einem Arztzimmer und wartete. Zehn Minuten, wie er an der Wanduhr ablesen konnte, in denen die Sekunden so schlichen, als hätten sie eine hämische Freude an Bennos unruhig schlenkernden Beinen. Schließlich beendete eine junge Ärztin die Wartezeit. Sein erster Eindruck war, einer Zwanzigjährigen gegenüber zu sitzen. Gott sei Dank war er nicht wirklich krank, schob er seine Bedenken über ihre ärztlichen Fähigkeiten zur Seite.

Die Ärztin wendete eine Seite in einer Krankenakte. »Sie haben ein leichtes Schädel-Hirn-Trauma«, erklärte sie. »Einen Tag Bettruhe hier zur Beobachtung würde ich Ihnen empfehlen.«

Benno suchte nach einem stichhaltigen Grund, warum er dieser Empfehlung nicht folgen könne.

»Die Polizei hat in der Notaufnahme angegeben, sie hätten Sie im Keller aufgefunden, schlafend in einem großen Karton.«

»Das ist kein Karton«, erklärte Benno, «sondern ein Faltsarg. Die Peace-Box.«

Die Ärztin war plötzlich sehr interessiert. Benno musste ihr berichten, wie er an die Peace-Box gekommen war und warum, als wollte sie sich selbst eine Peace-Box zulegen. Er erzählte von Traurigkeit und dem immer wiederkehrenden Wunsch, es möge endlich alles vorbei sein, zu dem er aber keinen konkreten Grund kennen würde. In dem Bemühen, einen plausiblen Grund zu finden, erwähnte er den Verlust seines – Silke hatte kein Geschlecht genannt, oder? – ungeborenen Kindes, von dem er erst viele Jahre später erfahren habe. Weil seine Schilderungen die Ärztin offensichtlich beeindruckten, setzte er noch einen oben drauf: Wenn er in der letzten Nacht in der geschlossenen Peace-Box erstickt wäre, hätte sie ihrem Namen Ehre gemacht. Er redete noch eine Weile, erzählte vom zerlegten Bett und schilderte die alltäglichen Veränderungen, denen er sich, sobald er sie wahrnahm, in seltsamer Weise ausgeliefert fühlte.

»Vermutlich haben Sie eine Depression«, stellte die Ärztin fest. »Wir können sie stationär in unserer Psychiatrie behandeln. Sind sie damit einverstanden?«

»Natürlich nicht! Ich bin doch nicht verrückt!« stellte Benno klar.

»Aber krank.«

Benno schwieg erst einmal. Machte es Sinn, als Patient gegen eine ärztliche Diagnose zu diskutieren? Unwillkürlich fixierte er das Namensschild auf dem Arztkittel. ›Dr. J. Wagner‹. Julia, Jeanette, Janine, Jennifer? Am Ende dieser Namenskette war er ein bisschen fassungslos über sich selbst. Was war am Vornamen der Ärztin in diesem Augenblick so bedeutungsvoll? Benno knetete die Hände, bis die Knöchel hell hervortraten. Als er merkte, dass sie ihn aufmerksam beobachte, hielt er still und verbarg die Hände dann unter der Tischkante.

»Im jetzigen Stadium ist die Prognose noch recht günstig«, sagte Frau Dr. Wagner. Es folgten noch einige Erklärungen, die Benno ohne Kommentar entgegennahm. Er hatte sich entschieden zu bleiben: Warum auch nicht? Ob er denn damit einverstanden sei, die erste Nacht auf der geschlossenen Station zu verbringen? Eine reine Vorsichtsmaßnahme. Benno ließ sich seine Überraschung nicht anmerken. Doch sie hatte etwas Gutes: Er dachte wieder rational. Wenn er ohnehin Bettruhe brauchte, welchen Unterschied machte es, ob die Tür zur Station offen oder geschlossen war?

»Ich bin einverstanden«, sagte er.

»Sie müssen dann hier noch unterschreiben«, tippte die Ärztin auf ein Formular. »Ich lasse Sie dann abholen.«

Bei der Verabschiedung entschied sich Benno für ›Jennifer‹.

Die Frau, die ihn abholte, war auf den ersten Blick nicht als Schwester zu erkennen, wenn nicht das Namensschild auf ihrer Bluse gewesen wäre. Sie streckte ihm die Hand zur Begrüßung entgegen, noch ehe sie die Tür geschlossen hatte - »Janine Lehners.« Benno blieb diesmal keine Zeit, über Vornamen mit ›J‹ nachzudenken.

»Sie haben kein Gepäck?«

Benno erklärte, dass er mit einem Aufenthalt im Krankenhaus nicht gerechnet hätte; die Polizei, die ihn hergebracht hätte, wohl auch nicht.

Das vereinfache manches, meinte Schwester Janine, denn Rasierapparat, Nagelschere und ähnliches müssten abgegeben werden, wegen der anderen Patienten.

Benno unterdrückte ein Lächeln über diese schlaue Begründung, die ihn selbst als harmlos und die anderen Patienten als gefährdet einstufte. Auch das Mobiltelefon sollte er abgeben, damit keine Fotos von der Station gemacht würden, er würde aber jederzeit das Telefon benutzen können, aber nur vor dem Dienstzimmer. Eine sinnvolle Maßnahme, befand Benno; allerdings hatte er vergessen, sein Telefon einzustecken.

»Bettruhe.« Schwester Janine schüttelte den Kopf. »Die Frau Doktor… Wir sind doch keine Pflegestation. Ich besorge Ihnen ein Nachthemd, Handtücher und die Hygieneartikel.«

Gut. Benno ließ die Dinge geschehen, ohne darüber nachzudenken. Er fühlte sich wie ein Gast, wie jemand, der durch unglückliche Umstände hierhin geraten war. Er musste noch sein Geld abgeben – hier wurde wohl auch geklaut – und steckte die Quittung in die Innentasche seines Jacketts.

Schwester Janine brachte ihn zu seinem Zimmer, ziemlich am Ende des Flures. Das Zweibettzimmer lag direkt neben einem Aufenthaltsraum, hinter dessen Glastür Rauchschwaden durch den Raum wehten. Laute Stimmen redeten, ohne dass Benno ein einzelnes Gespräch ausmachen konnte, unterbrochen von Ausrufen, die er als Pöbelei deutete. Toiletten und Duschen seien gegenüber auf dem Flur, informierte ihn Schwester Janine, sie werde ihm gleich seine Sachen bringen. Während Benno wartete, erkundete er seine unmittelbare Umgebung. Gegenüber auf dem Flur war ein weiterer Aufenthaltsraum mit einem einzelnen Patienten vor dem Fernseher. Der Boden des Duschraums war nass und es roch muffig, weil es scheinbar keine ausreichende Lüftung gab. Benno entschied sich, das Duschen bleiben zu lassen, bis der Reinigungsdienst seine Arbeit getan hatte. Nur auf die Toilette konnte er nicht so ohne weiteres verzichten. Dort, auf der Ablage über dem Handwaschbecken, stand eine Reihe mit Wasser halbvoller Plastikbecher, in denen Teebeutel baumelten – ein Stillleben, das Benno erschreckte. Welche Diagnose war vonnöten, um ein solches Arrangement zu gestalten? Als Benno die Toilette verließ, stürmte eine Frau schreiend aus dem Raucherzimmer, im Streit um ein geöffnetes Fenster.

Benno gesellte sich zu dem einzelnen Mitpatienten im Fernsehraum. Er schaffte noch nicht einmal den Gruß zur Tageszeit. Während er ohne Interesse auf den Bildschirm starrte – eine herumsitzende Familie brach nach jedem Satz in Gelächter aus – , grübelte er darüber, wie er von dieser Station entkommen könnte. Spontan stand er auf und ging den Flur hinunter bis zur verschlossenen Stationstür. Vor dem Dienstzimmer lungerten zwei Patienten, teilnahmslos und mit einem Gesichtsausdruck, der Benno an tieftraurige Resignation erinnerte – ein Blick, der sah aber nichts wahrnahm, hängende Mundwinkel. Aus einem der Zimmer in der Nähe drang ein Stöhnen, das sich klagend emporschwang wie der Schrei eines Hilflosen. Im Vorbeigehen warf Benno verschämt einen Blick durch die halb offene Tür. Er war neugierig, wollte aber nicht so erscheinen. Im Bett lag eine ältere Frau, die grauen Haare unfrisiert in die Stirn hängend, und rang mit den Armen um etwas, was nur sie selbst sehen konnte.

Auf dem Weg zurück zum Fernsehraum drängte sich Benno eine Erkenntnis auf: Hier, in diesem Umfeld von Verwahrung und Nichtstun, konnte niemand gesund werden. Ganz im Gegensatz zu dieser Einsicht durchströmten ihn ein vitaler Schub und der Wille, sich nicht zu ergeben.

Im Fernsehraum kam nur eine wortkarge Verständigung zustande. Der Mitpatient fragte, ob das Programm in Ordnung sei, und weil Benno mit einem mehr geknurrten ›ja ja‹ sein Desinteresse kundtat, zippte der Mitpatient nach wenigen Minuten in das nächste Programm, bis er schließlich auch die Lust verlor und zu erzählen begann. Morgen werde er entlassen, man habe in der Nachbarstadt eine Unterkunft für ihn gefunden. Ob Benno sich dort auskenne? Nein. Zuletzt sei er obdachlos gewesen, habe in Männerheimen geschlafen, und beklagte die Unordnung und mangelnde Sauberkeit dort.

Benno wurde neugierig. Der Mann machte keinen verwahrlosten Eindruck als sei er ein Stadtstreicher, und drückte sich ordentlich aus. Von Benno erwartete er offenbar keine Äußerungen, denn er erzählte an einem Stück – nichts Persönliches, sondern ausschließlich aus seinem landwirtschaftlichen Beruf. Zuletzt hatte er auf einem Gestüt gearbeitet. Was ihn aus der Bahn geworfen hatte, blieb Benno erspart. Dann schaute Schwester Janine durch die Tür.

»Ist das Bettruhe? Ich habe Ihnen die Sachen auf das Zimmer gelegt.«

Benno folgte ohne Widerspruch. Auf dem Zimmer zog er sich aus. Während er sich abmühte, das hinten offene Nachthemd zuzubinden, wurde die Tür aufgerissen. Eine Frau stürzte ins Zimmer, ging zum Tisch und musterte den dort liegenden Stapel alter Zeitungen. Sie wolle nur kontrollieren, ob die Zeitungen noch da wären, war die Erklärung, dann war die Frau wieder verschwunden. Zurück blieb bei Benno nur die Wahrnehmung einer Hose, die bis zur nicht vorhandenen Taille reichte und in der die Bluse steckte. Benno dachte bei diesem Anblick ans Reiten, wohl deshalb, weil eben von einem Gestüt die Rede war.

Benno legte sich hin, schloss die Augen und verfolgte die Geräusche auf dem Flur. Langsam begannen sie sich zu entfernen, seine Gedanken flossen ruhig und glitten in ein dunkles Nichts, bis sie sich gänzlich auflösten.

»Hast du geschlafen?« fragte der Mann aus dem Fernsehraum, der jetzt auf dem anderen Bett am Fenster saß. »Es gibt Abendessen, das wird nicht auf dem Zimmer serviert. Ich heiße Horst.«

Benno schaute auf die Uhr. Halb sechs. Er zog sich an und begleitete Horst zum Speiseraum. Aus dem Servierwagen holte er sich sein Tablett und setzte sich an einen freien Tisch. Er vermisste den Teebeutel auf seinem Tablett; die standen draußen im Flur auf einer Anrichte, hatte er gesehen. Als er nach zehn Sekunden an seinen Platz zurückkehrte, sah er, wie die unmögliche Frau von eben eine Scheibe Wurst von seinem Teller in den Mund steckte.

Benno verspürte einen mächtigen Appetit, hatte er doch bis jetzt nichts gegessen. Genauso mächtig explodierte in ihm die Wut über den frechen Mundraub. Die Frau war zwei Meter entfernt, er hätte springen müssen, um ihr seine Faust ins Gesicht zu rammen. Ebenso blitzartig rettete ihn die Erkenntnis, dass er hier nicht heraus käme, wenn er gewalttätig werden würde. Dass er von einem Mitpatienten noch eine Schnitte Brot mit Käse ergattern konnte, beruhigte ihn nicht.

Benno ging früh ins Bett. Ohne zu fragen nahm er die Tablette, die man ihm brachte, und schlief danach schnell ein. Es war noch dunkel, als er erschreckt aufwachte, ohne einen Laut von sich zu geben. Eine Hand lag auf seinem Bauch und tastete sich vorsichtig nach unten, warmer Atem wehte über seinen Hals. Mit hastigen Bewegungen befreite er sich aus der Nähe eines drängenden Körpers, dann ging die Tür und eine Gestalt verschwand im trüben Nachtlicht des Flures. Minuten später kam ein Pfleger und fragte, ob alles in Ordnung sei.

Am nächsten Morgen stand die widerwärtige Frau, die nach den Zeitungen geschaut hatte, in der Tür und weckte ihn. War sie etwa auch die Spukgestalt von heute Nacht? Benno traute ihr es zu; er blickte zum Fenster um zu hören, ob Horst, sein Zimmergenosse, den nächtlichen Vorfall mitbekommen hatte und sah, dass der schon aufgestanden war. Eine gepackte Reisetasche stand auf dem Bett.

Nach dem Frühstück verbreitete sich Unruhe auf der Station. Im Speiseraum saßen nun ein Arzt und zwei Frauen vom Pflegepersonal, die Benno noch nicht kannte. Er ahnte, dass dies eine Art von Visite sein müsste, denn die Patienten schlichen wie Raubtiere im Käfig auf dem Flur an den Zimmertüren entlang und verschwanden im Speiseraum, sobald sie aufgerufen wurden. Zwischendurch wurde die Tür zum Raucherzimmer geöffnet und zugeschlagen, aber niemand redete, bis erneut die unmögliche Frau auf den Flur stürmte und sich lautstark über die

Unpünktlichkeit der Ärzte beschwerte. Sie sei schließlich auch Ärztin und habe ihre Patienten nicht warten
lassen. Dann wurde Benno aufgerufen.

»Wie geht es Ihnen?« fragte der Arzt.

»Ich will leben«, antwortete Benno.

Entwurf

Benno beschloss, das Beweismaterial zu sichern.

Niemand würde ihm glauben, ohne die zwischen die Zeilen und an den Rändern hingeworfenen Krakeln in seinen Brief- oder Protokoll-Entwürfen gesehen zu haben, die verbindenden und streichenden Linien. Sie kamen in blau, vorzugsweise in graphit und schwarz, aber das war nur äußerlich. Wenn Benno sie zu Gesicht bekam, hatten sie ihr Werk bereits vollbracht: Sie waren in den Text gekrochen, als eine schier unendlich lange Schlange sich auseinanderfaltender Buchstaben, hatten ihn infiziert, von innen gefressen, seine Organe aufgesogen und die Hülle mit Überbestimmungen ausgestopft, in denen vorzugsweise das Wort ›diesbezüglich‹ vorkam; was vorher schlank und mit nicht zu üppiger Oberweite daherkam, hatte nun einige Kilo Übergewicht.

Steinberg sah das natürlich ganz anders: Er korrigierte den Text nicht, er präzisierte lediglich. Nahm den Bleistift, steckte die Spitze in den Anspitzer und drehte einige Male. Benno, wenn er ›diesbezüglich‹ zur Rücksprache dabei saß, verfolgte, wie ein Absatz nach oben und ein anderer nach unten wanderte, sich Sätze einfügten, die, so Steinberg in seinen begleitenden Erläuterungen, den Sachverhalt noch unmissverständlicher darlegten. Damit es der Vorstand einfacher verstehe, denn der konnte schließlich nicht in allen Themen umfassend bewandert sein. Am Ende, war Benno auf die Größe eines Sechstklässlers geschrumpft. Anfänglich hatte er mit Steinberg diskutiert, doch wo es kaum richtig oder falsch sondern höchstens von rechts oder von links gab, galt die Meinung des Vorgesetzten als ausschlaggebend.

Ich brauche mehr Beweismaterial, dachte Benno gestern auf der Heimfahrt vom Büro, sonst glaubt mir kein Mensch. Mit den paar Seiten, die er seit einigen Wochen statt in den Papierkorb zu werfen in einer separaten Mappe abgelegt hatte, ist nicht viel Staat zu machen, obwohl schon einige Prachtexemplare darunter waren. Heute Morgen, als hätte Steinberg seinen Wunsch gehört, lag aufreizend allein auf der braunen Schreibtischplatte der Brief, den Benno gestern – im Entwurf – an einen süddeutschen Vertragspartner verfasst hatte. Beweismaterial!

Benno stellte sich vor, er würde einem Kollegen, erzählen, er hätte noch nie einen Brief selbständig geschrieben. Oder ein Konzept. Oder das Protokoll einer Sitzung, bei der er anwesend war. Früher hatte Benno seine Entwürfe mit Direktor Mühlmann abgestimmt, jetzt war Herr Steinberg sein direkter Vorgesetzter. Mühlmann hatte darauf geachtet, dass seinen Gedankengängen gefolgt wurde – das war Benno schon von den Rücksprachen gewohnt, darauf war er eingestellt. Abstimmen und verbessern war sinnvoll und – mit der Rückendeckung der Vorgesetzten – ersparte es eine Unmenge Diskussionen mit Andersmeinenden. Steinberg aber formulierte um, als hätte er selbst den Text verfasst, immer mit genügend

›diesbezüglichen‹ Einschüben. Steinberg war neu und ehrgeizig. Aber alles, was mit Steinberg abgestimmt war, musste auch noch Mühlmann vorgelegt werden, bevor es an den Vorstand geschickt wurde.

Benno lehnte sich zurück, schloss die Augen und versuchte, sich zu entspannen. Steinberg stellte Bennos Selbstwertgefühl mehr in Frage als Mühlmann. Eigentlich müsste Benno sich schämen, dass unter seinem Diktatzeichen Texte in Umlauf kamen, die streng genommen nicht mehr die seinen waren.

Bennos Gedanken wanderten zurück zu dem imaginären Kollegen, dem er seine textliche Unfähigkeit gebeichtet hatte, der ihn angeschaut und nicht sofort geantwortet hatte. Benno ahnte schon, dass der Kollege an Bennos Verstand zweifelte. Wenn er ihn jetzt nicht am Ärmel fassen und in sein Büro ziehen könnte, ein Sideboard öffnen und auf die ordentlich beschriftete Reihe von Ordnern zeigen könnte, »Unvollkommene Werke, Band 1, Jahrgang 20xx«, und, wenn der Kollege dann immer noch verständnislos dreinblicken würde, er den Ordner herausnehmen und ihm vor die Brust hauen könnte, dass er verschreckt die Arme ausbreitet, und Benno Ordner für Ordner oben auf stapelte, bis einer unter dem Kinn klemmte und es nicht weiter ging – wenn er das nicht könnte, wäre seine Selbstachtung verloren.

Nun lag heute Morgen neues Beweismaterial auf dem Schreibtisch. Benno fasste es vorsichtig mit zwei Fingerspitzen an, aber die Schlangen fielen nicht vom Papier. Seit einiger Zeit weigere er sich, von Schlangen befallene Papiere zu lesen. Weil es ohnehin unabänderlich war, ignoriere er sie, nahm das Schriftstück und trug es zu Steinbergs Sekretärin. »Christa, übernehmen Sie«, sagte er. Christa ist keine Cobra – zumindest hatte sie Benno noch nicht gebissen –, und auch der Originaltitel, »Mission Impossible«, schreckte sie nicht. In spätestens eineinhalb Stunden lag bei Benno frisch bedrucktes Papier, unter ihm das Beweismaterial. Das frische würde er unterschreiben, das von Korrekturen befallene sichern.

Christa fragte ihn, ob er den Text auch sorgfältig verglichen hätte. Benno glaubte, einen Fehler gemacht zu haben, er hätte mindestens eine Stunde verstreichen lassen müssen, bevor er ihr das unterschriebene Original zurückgab. Ob er eine Tabelle mit Vergleichszeiten brauchte, die eine befallene Seite durchschnittlich für das Korrekturlesen benötigt, plus eines Zuschlags für jede Anakonda, die sich auf den Blattrückseiten räkelte, weil zwischen den Absätzen und Zeilen kein Platz mehr war. Die Tabelle dürfte er natürlich nicht offen herumliegen lassen. Benno überlegte, ob er nicht doch eine Schreibtischunterlage bestellen sollte, unter die er den Zettel schieben könnte, obwohl – er hatte bisher gerne auf dem hellbraunen, blank polierten Holz gearbeitet. Eine Schreibtischunterlage – grünes Gummi – verbreitete schnell den Geruch einer Amtsstube, und dann käme er womöglich noch auf die Idee, sich Ärmelschoner zuzulegen. Er war doch nicht verrückt – das war der

Gedanke, der ihn aus den irrwitzigen Tagträumen in die Realität des Büroalltags zurück brachte.

Er musste ein früher nicht aufgetretenes Problem dringend lösen. Gestern begegnete Benno auf dem Weg zum Sitzungszimmer Kollege Kröger, mit dem zusammen er das neue Projekt Bayern – ein Kraftwerk am Inn – steuerte; Kröger die technischen, Benno die konzeptionellen und vertraglichen Aspekte. Kröger lief durch Bennos freundliches »Hallo!« hindurch. Beunruhigt rief er Kröger unter einem Vorwand an. Was Benno denn einfiele, polterte Kröger, ihn für die Terminüberschreitungen verantwortlich zu machen und die Notiz mit großem Verteiler im Hause zu verbreiten.

Benno hatte in der Notiz nichts über Terminüber-schreitungen geschrieben.

Schweiß brach ihm aus. Die Dinge begannen seiner Kontrolle zu entgleiten. Er bekam Angst, seine Lese-Ignoranz könnte in Wirklichkeit eine Lese-Blockade sein und sich seinem freien Willen entzogen haben. Seit Monaten schon kämpfte er mit seiner Unter-schrift. Er zog die S-Kurve von oben nach unten, müsste mittig neu ansetzen und dann schwungvoll fortfahren. Er blieb mittig stecken, mit einem Punkt auf dem Papier, wo ein Bogen beginnen sollte, er setzte neu an, ein zweiter Punkt, von dem aus die Tinte das Papier durchfeuchtete – Benno konnte das Programm in seinem Kopf nicht mehr abrufen. Ganz langsam zog er die Spitze der Feder über das Papier, bis die Unterschrift, immer schneller, bis zum letzten

Buchstaben endlich vollendet war. Ganz schlimm war es, wenn er Originale unterschreiben sollte, auf denen schon eine Unterschrift stand, wo er Christa nicht mit entschuldigendem Lächeln unter Hinweis auf den – selbstverständlich absichtlich angebrachten – Kaffeefleck um einen Neuausdruck bitten konnte. Inzwischen benutzte Benno auch seine Kreditkarte nicht mehr, aus Sorge, er könnte beim Vergleich der Unterschriften als Kartenbetrüger angesehen werden.

Soeben wurde Benno vom Etagenboten der Entwurf des Monatsberichtes über das Projekt Bayern in den Posteingang gelegt, zur Abstimmung, wie es so schön hieß. Noch bevor er zu Lesen begann, nahm er den Bleistift. Seine Hand zitterte, so dass er die Spitze kaum in den Anspitzer brachte.

Auf immer und ewig?

Die Baronesse Rodmilla de Ghent schaute aus der knienden
Stellung hoch. »Und wie lange mag das wohl sein?«
Die junge Königin antwortete nicht.

(Ever After, 1998)

Benno spürte, wie Müdigkeit nach ihm griff und seine
Schritte beschwerte, den Atem zu gelegentlichem
Schnaufen trieb und die Wahrnehmung einschränkte,
als würde er durch eine Röhre schauen, einfach nur
geradeaus, um etwas zu sehen wie ein Ziel, dem jeder
Mensch nach seiner Überzeugung im Leben zustrebt.
Doch nicht im Treppenhaus hier im Büro, dachte er,
aufwärts steigend, aber noch eine Etage tiefer als er
sich das wünschte, und mobilisierte zusätzliche Energie. Ob es das Alter sei, fragte er sich und erschrak.
Seine Gedanken waren zehn Jahre älter als er selbst
und trafen gerade jetzt auf die junge Frau, die aus
dem Seitenflügel in das Treppenhaus trat, mit einem
Gang wie eine Königin und so vollkommen gekleidet,
dass ihn die Wirkung erschreckte, weil sie ihm seine
eigene Unvollkommenheit deutlich vor Augen führte.
Du bist entbehrlich, war wieder dieser Gedanke in
seinem Kopf. Diesmal suchte er nicht nach einer
Begründung. Er war neidisch, auf die Ausstrahlung,
die Figur, den Reiz. Gerne hätte er die junge Kollegin
auf dem Stuhl vor dem Schreibtisch in Mühlmanns
Büro gesehen. Ob Mühlmann sie auch unter die
Trockenhaube setzen würde, mit der er seinen

Mitarbeitern seine Gedankengänge aufoktroyierte? Ließ er sich durch das in Rottönen gehaltene, eng anliegende Kostüm, das zwei Handbreiten über dem Knie endete, zur Charmeoffensive eines mittelalterlichen Mannes verführen? Mit dem unauffälligen väterlichen Unterton? Natürlich dachte Benno in diesem Zusammenhang an Gleichberechtigung. Dann müssten sich die Frauen kleiden wie die Männer, in Bürouniformen, wie Benno gerne die dunkelblauen oder anthrazitfarbenen Anzüge bezeichnete. Weißes Hemd, gelbe Krawatte – bloß keine rote, weil das als politisches Bekenntnis angesehen werden könnte.

Als Benno aus seinen Gedanken in das Treppenhaus zurückkehrte, war er eine Etage zu hoch gestiegen. Zumindest bei Mühlmann, schloss er die Überlegungen ab, war die Nützlichkeit ausschlaggebend. Die Oberweite wäre bei ihm noch nicht einmal für die Stellenbesetzung einer Sekretärin maßgebend.

Benno traf Christian Becker auf dem Flur vor seinem Büro und fragte ihn, ob er die auffällig gekleidete, offenbar neue Kollegin kennen würde.

Ob er eine neue Beziehung suche, wollte Christian wissen.

An Frauen habe er im Augenblick keinen Bedarf, antwortete Benno. Und mit der Königin, wie er die Kollegin in Gedanken bezeichnete, fühlte er sich überfordert.

Es gehörte zu den unausweichlichen Zufällen im Leben, dass Benno in einer Woche zugleich Jochen

Marquardt und Claudia begegnete. Jochen hatte ihn offensichtlich zuerst gesehen, denn er kreuzte die Straße, erwiderte Bennos Blick kurz und ging weiter. Benno amüsierte sich, denn das grußlose Vorbeigehen zeugte nicht von besonderer Souveränität.

Am nächsten Tag lief er Claudia in die Arme. Claudia schaute nicht weg, sondern blieb stehen und begrüßte ihn.

»Wie geht es dir?«

»Hast du schon mal getrennt gelebt?«, fragte er.

»Nein?«

Nur nicht lamentieren, kam Benno in den Sinn. Keine Frau wollte mit einem Mann reden, dessen Probleme sie aus dem Gesicht ablesen konnte, selbst wenn er nichts sagte.

»Dann hast du etwas versäumt.«

»Meinst Du? Würde ich aufblühen, scheinbar so wie du?« fragte sie zurück. »Ich meine, hat das Versäumte etwas mit dem Selbstmörder auf der Brücke und dem Tod der Frau zu tun, die mal deine Geliebte war?«

Benno glättete die Lippen mit der Zunge und wischte sich damit den überraschten Ausdruck aus dem Gesicht.. Er hatte sich mit Claudia über die gemeinsamen Doppel im Tennisverein hinaus verbunden gefühlt, dass sogar Marie Luise aufmerksam wurde und er ihr Misstrauen ausnutzte und sie manchmal mit Claudia reizte, um seine eigenen Vermutungen über Jochen Marquardt erträglicher zu gestalten. Aber selbst wenn es Jochen Marquardt nicht geben würde, war Claudia ihm wichtig. Warum diese Begegnung gleich zu Anfang eine bissige Wendung genommen hatte, blieb ihm schleierhaft. Mit ihrem Wissen über die verhängnisvolle Begebenheit auf der Brücke und über Silke fühlte er sich entblößt. Flucht schien ihm die einzige Möglichkeit, der verkorksten Situation zu entkommen. Es gelang ihm ein freundliches ›Mach's gut‹, dann ging er in die Richtung zurück, aus der er gekommen war.

»Benno!«

Er hörte das Klackern ihrer Absätze hinter sich und beschleunigte seine Schritte.

»Benno! Bitte bleib stehen!«

Passanten, die nicht Benno hießen, folgten Claudias Aufforderung. Ein öffentliches Drama versprach interessant zu werden, so wie man es aus dem Fernsehen kannte. Benno bog in eine Seitenstraße ein und lief in ein einparkendes Auto. Er stützte sich auf der Motorhaube ab, machte einen Schritt zurück und gab der entsetzten Fahrerin Zeichen, dass alles in Ordnung sei. Als er sich umdrehte, stand Claudia vor ihm.

»Es tut mir leid, Benno. Ich hätte dir das nie gesagt, wenn du mich mit dem Alleinsein nicht provoziert hättest, als sei mein Leben mit Gregor ein großer lächerlicher Irrtum.«

»Du hast nicht das Recht, Silke ›meine Geliebte‹ zu nennen. Was weißt du überhaupt von ihr?«

»Ich bin die Frau eines Staatsanwalts.«

»Gregor?«

»Er hat sich vom Amtsgericht zur Staatsanwaltschaft versetzen lassen. Gregors Vorgänger ließ untersuchen, ob ein Verfahren gegen dich wegen unterlassener Hilfeleistung eingeleitet werden soll, Beihilfe zur Selbsttötung stand auch im Raum. Das Verfahren wurde nie eröffnet, die Vorwürfe waren wohl haltlos. Gregor ist auf die Akte gestoßen, als es im Zuge der Ermittlungen wegen des Vorfalls in Apeln Erkundigungen über dich aus Lünkhusen gab. Er hätte mir das alles nicht sagen dürfen, aber er vertraut mir. Zumindest in dieser Hinsicht.«

Sie zupfte Benno am Ärmel seiner Jacke und überredete ihn, in ein nahe gelegenes Bistro zu gehen. Das Lokal sei noch zu neu, erklärte Claudia, als dass man Gefahr laufe, dort Mitgliedern des Tennisvereins zu begegnen.

»Wir haben noch nie so herausfordernd miteinander geredet wie eben, selbst wenn ich mal zwei Matchbälle versaut habe«, sagte Claudia, als die Bedienung außer Hörweite war. »Hörst du mir überhaupt zu?«

Benno löste seinen Blick von der Rückenpartie der Kellnerin – vermutlich eine studentische Hilfskraft. Oder die Freundin des Inhabers. Dann sah er den Grund für das leichte Vibrato in Claudias Stimme: Sie wischte sich Tränen aus den Augen.

»Du weinst doch nicht etwa wegen mir?« Claudia, die fröhliche und manchmal anschmiegsame zeigte ihm eine noch unbekannte Seite.

»Gregor ist für drei Tage in Düsseldorf. Juristenkongress. Die kleine Rechtspflegerin hat sich für die gleiche Zeit Urlaub genommen. Ich hab's gecheckt. Da kam deine Frage nach der Trennung zum richtigen Zeitpunkt. Ich bin ziemlich durcheinander – obwohl ich mich nicht beklagen dürfte: Ich bin übrigens die Vorgängerin von Marie Luise bei Jochen. Als ich ihm vorschlug, mich von Gregor zu trennen, wurde er sehr zurückhaltend.«

»Also doch Jochen!« Benno lehnte sich zurück.

»Du hast das etwa nicht gewusst? Beim TC Rot Weiß war das doch Tagesgespräch.«

»Gewusst, geahnt – ich hatte keine Beweise«, sagte Benno. »Und überhaupt – wenn du schon bereit warst, dich von Gregor zu trennen, warum jammerst du wegen der Rechtspflegerin? Gilt denn nicht gleiches Recht für alle, insbesondere unter Juristen?«

Claudia senkte den Blick. »Mein Vorschlag damals an Jochen war nicht fair. Ein Test, verstehst du? Jochen ist charmant, einfühlsam, aber eben ein *womanizer*.«

Benno überlegte. Vermutlich hatten alle Frauen, die sich mit Jochen eingelassen hatten, eine Schwachstelle. Die zu erkennen und auszunutzen, war die eigentliche Kunst. Mehr Aufmerksamkeit – das war einfach, wenn man sich nur im Tennisclub begegnete, ohne die eintönige Routine des Alltags. »Und was war deine Schwachstelle? Oder hat er mit dir und Marie Luise die attraktivsten Frauen im Verein durch? Einfach so.«

Claudias Gesicht erstarrte. »Du meinst, wir haben

uns flachlegen lassen? Einfach so?« Ihre Augen sprühten Funken. »Du kannst meinen Latte Macchiato trinken. Und bezahlen.« Sie erhob sich und ging grußlos. Das Hämmern ihrer Absätze auf dem Steinboden klang bedrohlich in Bennos Ohren.

Tagelang war Benno unausstehlich zu sich selbst. Beim geringsten Missgeschick fuhr er aus der Haut – wenn der Bleistift über die Tischplatte rollte und auf den Boden fiel und ein Stapel Unterlagen durch die heftige Armbewegung, den Bleistift noch aufzufangen, hinterher segelte. Jochen hätte ihm in dieser Laune nicht begegnen dürfen. Obwohl zu einem Seitensprung immer zwei gehörten. Jochen hatte es versucht und Marie Luise ihn gelassen. Nur Claudias widersprüchliches Verhalten konnte er sich nicht erklären. Zuletzt versteifte er sich auf die Theorie, Claudias spontane Küsschen und Umarmungen, wenn sie ›Spiel, Satz und Sieg‹ mit einem von ihm geschlagenen Return *along line* gewannen, seien nur ein Ablenkungsmanöver – von was auch immer – gewesen. Am Ende traute ihm niemand noch nicht einmal ein Verhältnis mit Claudia zu. Dieser Teil der Theorie schmerzte.

An diesem Abend betrank sich Benno. Das Einfachste, was er in dieser Situation tun konnte war, nicht nachzudenken und nur auf den Schmerz zu horchen, lange bis nach Mitternacht. Er verschlief die um neun Uhr bei Mühlmann angesetzte Besprechung über das Ergebnis einer von ihm beauftragten Analyse über die Entwicklung der Rendite bei weiter steigenden Energiepreisen. Einmal unpässlich – das war in fünfzehn Jahren immer noch weit unter dem von Benno gefühlten Durchschnitt für Ausfallzeiten. Mühlmanns Verständnis überraschte ihn, bis der einen Monolog über die allgemeine Arbeitsbelastung begann, in dem er ganz neue Begriffe benutzte: Vereinbarkeit, Familie, Beruf. Benno hatte bisher selbst für die Vereinbarkeit gesorgt, soweit es die Sachzwänge zuließen, allerdings ohne besonderen Erfolg, wenn er Marie Luises Maßstäbe anlegte. Seine Gedanken schweiften ab und im gleichen Maße entfernten sich Mühlmanns Darlegungen, *Mühlmanns Gesicht formte sich zu bewegenden Lippen, sie küssten die umstehenden Frauen, Marie Luise lachte und schob Mühlmann zu Annette Ungscheid, und von dort flatterte er zu Maren Becker, Birgit Mertens…*

»Nicht mit meiner Frau«, sagte Benno.

Mühlmann hielt in seiner Ansprache inne. Das sei doch nur in ihrem eigenen Interesse, nahm er den Faden wieder auf, sie habe Benno doch bisher den Rücken für das Unternehmen frei gehalten, und das würde nun durch die Unternehmensleitung gewürdigt. Das sei ein Paradigmenwechsel, fügte Mühlmann hinzu. So etwas brauche Zeit, bis alle ihn verstanden hätten.

Benno nahm sich vor, die Bedeutung der neuen Vokabel nachzuschlagen und wiederholte sie im Kopf, um sie nicht zu vergessen. Erst als er wieder in seinem Büro und darum sicher war, die Kontrolle über seine Gedanken zurück erhalten zu haben, fragte er sich, warum er Mühlmann nicht über seine Trennung von Marie Luise aufgeklärt hatte. Betroffenheit, und dass alle Vereinbarkeitsbemühungen seitens des Unternehmens zu spät kämen, wäre eine wünschenswerte Reaktion gewesen, aber diese Form von Zuwendung war Mühlmann fremd, nahm Benno an. Mühlmann glaubte an ›Lebensentwürfe‹, in denen eine Scheidung nicht oder nur als Katastrophe vorkam. So jedenfalls hatte Mühlmann sich seiner Zeit geäußert, als sich Gabriele, seine Sekretärin, von ihrem Mann getrennt hatte.

Vereinbarkeit, Arbeitsbelastung – in Bennos Kopf herrschte noch Durcheinander. Sein neuer direkter Chef, Steinberg, übernahm die meisten Sonderaufträge von Mühlmann – verständlich, denn er wollte sich profilieren. Für Benno blieb das Italien-Projekt, womit er sich im Untergrund der Routine fühlte, praktisch abgetaucht. Nach seiner Einschätzung interessierten sich für diesen Selbstläufer ohnehin weder Direktor Mühlmann noch der Vorstand wirklich. Das war ungemein praktisch gewesen in den Zeiten vor einigen Monaten, in denen seine Verfassung aus einer Mischung aus Traurigkeit und latenten Ängsten bestand und er zu einer konstruktiven Arbeitsleistung kaum noch fähig war. Leider hielt der Zustand von Minderauslastung nicht lange vor. In einer Mitarbeiterbesprechung – immer am Montag um neun Uhr, wenn Benno neuerdings noch mit Wachwerden und verminderter Aufmerksamkeit zu kämpfen hatte, teilte Mühlmann mit ungewohnt ernster Stimme mit, der Vorstand habe ihn mit einer Sonderaufgabe betraut: Die von der EU in Brüssel geplanten regulierenden Maßnahmen. Nun waren sie an lange Vorträge von Mühlmann gewöhnt, aber diesmal erging er sich nicht in Einzelheiten. Benno war mit einem Schlag hellwach, als Mühlmann ihm den schwierigen süddeutschen Kunden, um den er sich nicht mehr selbst kümmern könnte, und den neu erschlossenen schweizerischen Markt übertrug. Zumindest in dieser Hinsicht, dachte Benno, musste das Unternehmen der Überzeugung sein, dass die Vereinbarkeit von Familie und Beruf durch diese Mehrbelastung nicht gefährdet sei.

Das Telefon holte ihn in den Tag zurück. Er konnte seine Überraschung überspielen, als Marie Luise um ein Treffen bat. Sie wollte die Scheidung: Das Haus, das Geld, die Versorgungsansprüche. Weil ihm auf die Schnelle nichts Besseres einfiel, verabredete er sich mit ihr in dem Bistro, in das ihn Claudia mitgenommen hatte.

Marie Luise war ausgesprochen chic gekleidet, fand Benno. Unter dem sandbraunen Blazer, den sie über eine Stuhllehne hängte, trug sie ein ärmelloses Kleid mit Längsstreifen von weiß bis beige. Benno kannte diese Kombination nicht. Wollte sie ihm mit ihrer neuen Aufmachung zeigen, wie gut es ihr geht? Auch die Frisur schien anders. War es die Farbe oder der Schnitt?

Warum sie sich nicht im Haus getroffen hätten,

fragte Marie Luise, nachdem die Bedienung die Getränke servierte und gegangen war. Weil er seine neue Freundin erst ausquartieren müsste, könnte die von Marie Luise erwartete Antwort sein. Es gebe keinen besonderen Grund, antwortete er; die Peace-Box war wieder gefaltet und im Schlafzimmer stand nun ein Einzelbett. Aber das sagte er ihr nicht.

Wir sollten das Haus verkaufen und das Sparguthaben jetzt aufteilen, dann bliebe für die Scheidung lediglich die Aufteilung der Versorgungsansprüche. Das würde die Anwalts- und Gerichtskosten entscheidend reduzieren.

»Du bist erstaunlich gut vorbereitet«, stellte Marie Luise fest und musterte ihn, als könne sie in seinem Gesicht den versteckten Haken dieser einfachen Lösung finden.

»Auf immer und ewig«, sagte Benno, mehr sinnierend als Fortführung des Gespräches. Marie Luise schaute überrascht.

»Ein sentimentaler Film. Ich hatte nichts Besseres zu tun. Bis das der Tod euch scheidet, hieß es für uns, und das ist auf immer und ewig. Wir haben ja gesagt, vermutlich ohne nachzudenken, was das denn wirklich bedeutet. Erinnerst du dich? Und wann hat es aufgehört, das immer und ewig? Ich habe lange überlegt und keinen Zeitpunkt gefunden.«

»Es war ein schleichender Prozess der Abnutzung, an dessen Ende jeder glaubt, das Leben nicht mehr ändern zu können«, erklärte Marie Luise.

Benno schwieg zunächst. »Um auf die Vorbereitung zurück zu kommen: Ich bin gewohnt, vorausschauend zu denken, das bringt der Job so mit sich. Ich habe in der Kantine zufällig ein Gespräch mitgehört. Eigentlich hatte ich dem Mitarbeiter aus der Rechtsabteilung selbst eine Frage zum Italien-Projekt stellen wollen. Was der aber einem Kollegen über die Kosten einer Scheidung erklärte, hielt ich für interessanter.«

»Gut. Dann sind wir einer Meinung. Das vereinfacht alles.« Marie Luise schien erleichtert.

Mit welchen Schwierigkeiten hatte sie gerechnet? Benno hatte sogar schon mal an Versöhnung gedacht, diesen Gedanken aber immer verworfen. Solange sich an seiner beruflichen Situation nichts ändern würde, er weiterhin später aus dem Büro nach Hause kam als die Ehemänner in der Nachbarschaft, bliebe Marie Luise unzufrieden. Oder sollte Mühlmanns Mitteilung über den Paradigmenwechsel ein Zeichen zur Versöhnung sein? Benno blieb misstrauisch, dafür kannte er Mühlmann zu gut. Wer jetzt die Vereinbarkeit von Beruf und Familie nicht schaffte, war entweder zu einer vernünftigen Arbeitseinteilung nicht fähig oder mit dem falschen Partner verbunden. Das Unternehmen hatte schließlich seinen Anteil geleistet, indem es das Thema überhaupt aufgegriffen hatte.

»Ich brauche deine Adresse. Und deine Telefonnummer.«

Marie Luise kramte ein kleines Notizbuch aus der Handtasche, zog einen zierlichen Stift aus dem Einband des Notizbuches und schrieb. Sie riss das Blatt heraus und reichte es Benno.

»Nicht schlecht«, sagte er. Wie konnte sie sich mit dem Gehalt einer Verwaltungsangestellten eine Wohnung in dieser Gegend leisten? Doch nur mit Jochen Marquardt gemeinsam.

»Das ist nur eine kleine Einliegerwohnung.« Es schien, als könne Marie Luise Bennos Gedanken lesen. »Wenn das Haus verkauft ist, suche ich mir eine Eigentumswohnung, in der ich nicht nur wohnen sondern auch leben kann.«

Also doch ohne Jochen. »Du bist mir keine Rechenschaft schuldig. Ich beauftrage die Bank, bei der wir die Hypothek aufgenommen haben. Die haben ein gutes Immobilien-Center.«

»Dann ist ja alles in Ordnung.« Marie Luise erhob sich und zeigte auf die leere Cappuccino-Tasse. »Du übernimmst das?«

Benno nickte, ohne seine Verblüffung über das abrupte Ende des Treffens zu zeigen. Keine Frage, wie es geht, nach Perspektiven oder Hoffnungen. Da klopfte sie wieder an, seine Leere, die er gerne mit jemandem geteilt hätte, denn geteilte Leere ist halb voll, glaubte er.

Claudia und das Ende der Scham

Benno hörte das Telefon klingeln, als er die Haustür aufschloss, doch bis er am Apparat war, hatte der Anrufer aufgelegt. Er kannte die im Display angezeigte Mobilfunknummer nicht. In solchen Fällen pflegte er nicht zurückzurufen. Wer Wichtiges von ihm wollte, würde es noch einmal versuchen.

Offenbar war es nicht wichtig, denn das Telefon blieb den ganzen Abend ruhig. Erst als er zu Bett ging, wurde ihm klar, dass er die ganze Zeit in unbewusster Spannung auf das Klingeln gewartet hatte. Das Alleinsein, dachte er, da unterbricht jeder Anruf die Eintönigkeit wie eine unverhoffte Einladung zu einem geselligen Treffen. Die gab es eigentlich schon lange nicht mehr – Claudia und Gregor hatte sich Benno aus verständlichen Gründen gescheut einzuladen und mit Petra und Alfred – auch aus dem Tennisverein – war die Beziehung eingeschlafen, ohne das Benno im Moment einen Grund dafür benennen konnte. Seine sozialen Kontakte beschränkten sich auf den Kollegenkreis, und das schon zu einer Zeit, als er noch mit Marie Luise zusammen war.

»Du warst das«, stellte Benno überrascht fest, als Claudia ihn im Büro erreichte und von dem vergeblichen Anruf berichtete. Später am Abend hätte sie nicht mehr ungestört telefonieren können, erklärte sie.

Benno wurde hellhörig. Gregor, die kleine Rechtspflegerin, Jochen Marquardt und sogar Marie Luise passierten im Bruchteil eine Sekunde sein Bewusstsein, ohne dass er sie in einen vernünftigen Zusammenhang bringen konnte. Er wollte Jochen ausklammern, aber – vielleicht hatte sich eine neue Entwicklung ergeben?

»Ich brauche deine Hilfe.«

Jetzt waren nur noch Gregor und die Rechtspflegerin im Spiel. Scheidung?, dachte Benno, und antwortete: »Gerne.«

»Aber nicht am Telefon.«

Ein Treffen also. Ein gespanntes Gefühl ergriff Benno, als sei er endlich am Ziel seiner Wünsche. Er spürte seinen Herzschlag heftiger, wie die Vorfreude auf ein lang ersehntes Rendezvous.

»Du erinnerst dich an das Bistro?«

Das schien sein Stammlokal zu werden. Weil Claudia drängte, verabredeten sie sich für den heutigen Abend.

Benno saß eine Dreiviertelstunde vor der verabredeten Zeit im Bistro. Er hatte Mühlmann auf dem Weg zur Tiefgarage getroffen, der offenbar wie Benno nach Hause wollte, obwohl es erst sechs Uhr war. Mühlmann gab ungefragt eine Erklärung für seinen vorzeitigen Dienstschluss ab: Die Handwerker... Benno war Mühlmanns Arbeitsende herzlich egal, aber Mühlmann musste sich scheinbar rechtfertigen. Er war mit dem Umbau seines Hauses beschäftigt – eine endlose Geschichte, denn die Handwerker... alles Idioten. Als Krönung bekam Benno noch die Originalversion in Sachen Fäkalienhebeanlage für die Toilette im Keller berichtet, über die im Kollegenkreis schon hämisch gewitzelt worden war, führte doch dieser Begriff zu Assoziationen bis ins Ordinäre: Weil die Anlage es auf Anhieb nicht bis zum Niveau der höher gelegenen Abwasserleitung geschafft hatte, war sie eben eine Scheißanlage. Als Mühlmann endlich zu seinem Wagen eilte, war es für Bennos geplanten Einkauf zu spät. Also beschloss er, direkt ins Bistro zu fahren und dort etwas zu essen.

Claudia war pünktlich, was Benno nicht überraschte, weil sie es nicht nötig hatte, Männer auf sich warten zu lassen. Sie trug eine Sonnenbrille. Dem Wetter nach zu urteilen nahm Benno an, dass sie rotgeränderte Augen hatte. Er erkundigte sich mit teilnehmend gedämpfter Stimme, ob alles in Ordnung sei – eine blöde Frage, denn wenn Claudia geweint hatte, stand eine Katastrophe dahinter.

Claudia legte die Sonnenbrille ab. »Gregor zieht soeben aus. Zu seiner Rechtspflegerin. Er hat es mir gestern Abend gesagt.«

Ob das ein Grund zum Weinen war, fragte sich Benno. Er war unsicher, was Claudia in dieser Situation von ihm erwartete und schwieg erst einmal. Zumindest war er nicht der Trennungsgrund. Als Unbeteiligter fühlte er sich wohler. Außerdem hatte Claudia schon bei ihrem letzten Treffen über Gregors Affäre erzählt. Benno entspannte sich. Im Trösten war er nicht sonderlich begabt, doch das würde heute Abend hoffentlich nicht gebraucht. »Hatte sich das nicht – irgendwie – abgezeichnet?« fragte er.

»Wenn es dann plötzlich soweit ist…«

Benno erinnerte sich. Marie Luise war auch gegangen, als er es nicht erwartete. Zwar hatte er nicht geweint, doch eine lange Zeit gebraucht, bis sich Marie Luises Auszug vom Kopf durch die Seele gearbeitet hatte. Das hatte auch der Therapeut während Bennos einwöchigem Aufenthalt in der Psychiatrie vermutet. Benno unterdrückte ein floskelhaft gemeintes Hilfsangebot. Dazu fiel ihm ein, wie dringend er damals jemanden zum Reden gebraucht hätte.

»Ich bin für dich da«, sagte er. Erstaunt registrierte er, wieviel Wärme plötzlich in seiner Stimme lag.

Claudia brachte ansatzweise ein Lächeln zustande. Sie griff nach Bennos Hand, nahm sie vom Tisch und führte sie an ihre Lippen. Seine Finger schienen in diesem Augenblick intimer Nähe zu verglühen, obwohl das nicht das erste Mal war, dass sie sich berührten; doch dies war ein ganz besonderer Moment von immenser Gefühlsdichte, den es bisher zwischen ihnen noch nicht gegeben hatte.

»Jetzt sind wir beide auf gleichem Niveau angekommen«, stellte Claudia fest. Benno stimmte ihr nicht gänzlich zu, denn zumindest was das Fremdgehen anbetraf gab es einen Unterschied zwischen ihnen. Er begann zu erzählen, über den Schock, als er die Endgültigkeit begriffen hatte, mit der Marie Luise die Tür hinter sich geschlossen hatte; die anfängliche Hilflosigkeit, sich um Dinge zu kümmern, die bisher selbstverständlich von ihr erledigt wurden; die Gedanken, wie er die Lücken im Wohnzimmerschrank füllen könnte, als könne er dadurch die Trennung in gewissem Sinne unsichtbar machen. Die Lücken seien immer noch da, sagte er nach einer Pause, in der Claudia auf die Fortsetzung wartete; sie seien wie symbolische weiße Flecken auf der Landkarte seiner Seele. Er hielt inne, als Claudia seinen Arm berührte.

»Es ist alles viel schlimmer«, sagte sie.

Nach seinen eigenen Erfahrungswerten konnte sich Benno nichts Schlimmeres vorstellen als das, was Claudia momentan mit Gregor durchmachte. »Was denn?«

»Ich werde erpresst.«

Benno wollte freundlich bleiben, doch sein Lächeln musste in diesem Augenblick dümmlich ausgefallen sein. »Von Gregor?«

»Kein Ehedrama. Eine richtige.«

»Kann Gregor dir nicht helfen, auch wenn er ausgezogen ist? Er ist doch praktisch die Polizei.«

Claudia schüttelte den Kopf. »Das ist es ja – Gregor soll nichts erfahren. Das Schweigen soll mich zehntausend Euro kosten. Von unserem gemeinsamen Konto kann ich das Geld nicht nehmen, also war ich gestern bei der Bank und habe einen Kleinkredit aufgenommen. Das war nicht so einfach. Der Bankangestellte hat sich mit Sicherheit gewundert, warum ich einen Kredit aufnehme, obwohl genug Geld da ist. Ich bin verzweifelt!«

Den Eindruck hatte Benno nicht, so sachlich wie Claudia die Fakten auf den Tisch legte. »Du willst also zahlen«, fasste er die Situation zusammen. Benno dachte nach - also musste es einen triftigen Grund geben für ihre Bereitschaft geben..

»Du willst gar nicht wissen, womit ich erpresst werde«, stellte Claudia fest. »Es interessiert dich nicht im Geringsten!«

Benno steckte den Vorwurf ein. »Dein Mann soll es erfahren, wenn du nicht zahlst. Es ist doch immer dasselbe: Es geht um einen Seitensprung, nicht wahr?«

Claudia nickte. »Es gibt Fotos und ein Video von mir und Jochen Marquardt. Heimlich aufgenommen, selbstverständlich.«

»Etwa von Jochen?«

Ob Jochen der Erpresser war, wusste Claudia natürlich nicht, glaubte es aber auch nicht.

»Vielleicht ist alles gar nicht so schlimm, wie es den Anschein hat. Gregor ist doch zu seiner Freundin gezogen. Was interessiert ihn jetzt noch dein Verhältnis mit Jochen, das im Übrigen schon einige Zeit zurück liegt«, meinte Benno.

»Wenn Gregor mir die Trennung einen Tag früher mitgeteilt hätte, wäre mir die Peinlichkeit erspart geblieben, einen Kredit aufnehmen zu müssen.«

»Das Geld ist doch noch nicht ausgegeben. Wichtig ist, wie du mit der Erpressung umgehen willst. Für mich ist das nach Gregors Auszug eine ziemliche Luftnummer geworden. Der einzige Effekt, den ich sehe ist, dass Gregor dir gegenüber kein schlechtes Gewissen zu haben braucht, wenn er denn je eines gehabt hat.«

»Die Fotos, das Video – ich schäme mich so. Ich

fühle mich bloßgestellt, verstehst du?«

Benno verstand nicht. Was dachte sich Claudia eigentlich? Mit einem anderen Mann ins Bett zu steigen war solange in Ordnung, wie man nicht dazu stehen musste – erst danach setzte das Beschämen ein? Obwohl er weder die Fotos noch das Video gesehen hatte, tobte in seinem Kopf ein Bildersturm. »Was sieht Gregor denn? Seine Frau, die sich, wie es so schön heißt, auf den Gipfel der Lust treiben lässt? Vielleicht sein eigenes jämmerliches Versagen, weil er das bei ihr nicht geschafft hat?«

»Benno!«

Bennos Fantasien verloren sich mit Claudias Ermahnung. »Gehen wir das Ganze mal in Ruhe durch«, schlug er vor. »Du hast drei Möglichkeiten: Zahlen, Nichtzahlen und das Schwein zur Strecke bringen. Welches Material hat er?«

Claudia beantwortete die Frage, die Benno mehr aufzählend an sich selbst gerichtet hatte. »Er hat mir Fotos und einen Filmausschnitt geschickt. Auf CD.«

»Digital, natürlich« seufzte Benno, »das schafft man nicht mehr aus der Welt. Früher konnte man relativ sicher sein, wenn man die Negative hatte. Gab es einen Hinweis auf das Internet?«

Claudia schüttelte den Kopf.

»Zehntausend will er? Der Erpresser hat eine Vorstellung über deine finanziellen Möglichkeiten. Zehntausend ist doch nichts, das riecht nach Wiederholung.«

»Hast du noch mehr solche frohen Botschaften?«

»Schau in den Spiegel. Was siehst du? Eine attraktive Frau. - Eine äußerst attraktive Frau«, ergänzte er, »schließe die Augen und stell dir vor, du bist nackt. Was sind da zehntausend Euro?«

»Du meinst ich sei käuflich? Und zehntausend Euro seien zu wenig für ein Verhältnis mit mir? Was hast du nur für sexistische Gedanken! Ich habe geglaubt, wir seien befreundet, sonst hätte ich dich nicht um Hilfe gebeten.«

Beschwichtigend legte diesmal Benno seine Hände auf Claudias Hände. »Sieh es anders herum – du bist es wert. Klar, das ist eine absurde Sichtweise für eine Erpressung, die – ich wiederhole mich – nach Gregors Auszug eigentlich wirkungslos ist. Du bist verletzt, fühlst das Intimste, was du hast, öffentlich gemacht. Dir geht es um deine Ehre – aber bekommst du sie zurück, wenn du zahlst? Und, hast du überhaupt etwas verloren? Im Gegenteil, du hast bestimmt etwas gewonnen, nämlich Zuwendung und Zärtlichkeit. Ich kann mir auch nicht vorstellen, dass du dich prostituiert hast.«

»Davon kannst du ausgehen.«

Benno empfand plötzlich das Bedürfnis, Claudia in die Arme zu nehmen – die einzige Möglichkeit für ihn, ihr sein Mitgefühl zu zeigen, denn mit Worten war er nicht so stark. Es war nur ein kurzer Moment von Zuneigung, dann überfiel ihn die Frage, warum Claudia nicht mit ihm…

»Hoffnungslos?« fragte Claudia.

Benno ließ Claudias Hände los, als die Bedienung

an den Tisch trat und sich nach ihren Wünschen erkundigte. Sie einigten sich auf einen trockenen Rotwein. Es dauert nicht einmal zwei Minuten, bis die Gläser vor ihnen standen – aber eine lange Zeit, wenn man nicht miteinander redet. Benno erklärte sein Schweigen mit »Wenn ich es mir recht überlege« und legte erneut eine Pause ein, »wenn wir es nicht versuchen…«

»Hast du eine Idee?«

Benno schüttelte den Kopf. »Wenn ich ehrlich bin – mein Fachwissen beschränkt sich auf das, was ich bisher in Filmen gesehen habe. Da gibt es in hoffnungslosen Situationen die überraschende Wende zum Guten… Vorher sitzen Polizisten im Wohnzimmer und überwachen das Telefon. Ich bin aber kein Drehbuchautor, der dir dein Leben nach Bedarf zurechtschreiben kann.«

»Es tut mir leid.«

Benno wischte Claudias Bedauern mit einer Handbewegung weg. Weil ihm absolut keine Idee kam, was sie tun könnten, fragte er erst einmal ob sie wisse, wo die Aufnahmen gemacht worden seien.

Claudia hatte den Spiegel gegenüber dem Bett und im Spiegel das Wandbild erkannt, aus einem Zimmer vom Hotel „Pütt", wo sie sich mit Jochen regelmäßig getroffen hatte.

»Die umgebaute ehemalige Waschkaue der Zeche ›Königin Elisabeth‹? Als Stundenhotel?«

Das Hotel liege etwas abseits am Stadtrand und man laufe nicht Gefahr, Bekannten dort zufällig zu begegnen, erklärte Claudia. Jochen habe auch dort übernachtet, schließlich würde zu Hause keine Frau auf ihn warten.

Benno lächelte und bemerkte, wie teuer so eine Nacht sein könne. Claudia verzog keine Miene, nur ihr Mund blieb leicht geöffnet, als hätte sie Benno soeben die passende Antwort auf die Anspielung gegeben. Ein Bild drängte in Bennos Kopf zurück, *er fühlte die sanfte Berührung weicher Lippen, nahm ihr Gesicht in beide Hände, seine Daumen suchten einen Weg durch die frech in die Stirn fallenden Strähnen und folgte dann mit den Handflächen den kurzen Haaren bis zum Halsansatz.*

»Gibt es schon Anweisungen für die Geldübergabe?«

Claudia schüttelte den Kopf.

»Seltsam«, befand Benno, »eine Forderung zunächst ohne konkrete Angabe, wie man sie erfüllen soll. Also muss noch etwas kommen.«

»Doch, in dem Erpresserschreiben stand auch, dass weitere Anweisungen folgen.«

Benno fasste den Stand zusammen. Sie wüssten, wo die kompromittierenden Aufnahmen gemacht worden seien und das Einzige, was sie derzeit tun könnten, wäre das Hotelzimmer zu untersuchen, auch wenn wahrscheinlich nichts Konkretes dabei herauskommen würde. Besser, als untätig herumzusitzen und auf das Procedere für die Geldübergabe zu warten.

»Das ist doch sinnlos«, meinte Claudia.

Mit ihm die Stätte ihrer Leidenschaft aufzusuchen, war ihr offensichtlich nicht Recht. Ob sie glaubte, er sei nur neugierig? Benno bemühte sich, Claudia zu überzeugen. Sie gab erst zögerlich nach, als er andeutete, seine Hilfe sei sinnlos, wenn seine Vorschläge nicht gehört würden.

Sie einigten sich, gleich morgen die Untersuchung des Zimmers vorzunehmen. Benno wollte sich um die Reservierung im Hotel ›Pütt‹ kümmern und auch bezahlen. Claudias Blick, als er das wie selbstverständlich sagte, deutete er als zwiespältig. Sie will sich von dir nicht aushalten lassen, dachte er und fühlte einen feinen Stich am Herzen, im Vergleich zu Jochen Marquardt nur die zweite Wahl zu sein.

Der Mann an der Rezeption stutzte, als Benno und Claudia an die Theke traten. Natürlich, er kennt Claudia, wurde Benno schlagartig bewusst. Bleib ruhig, ermahnte er sich, bezog sich auf seine Reservierung und erhielt den Meldezettel. Für Bennos Empfinden prüfte der Rezeptionist einige Sekunden zu lang die Daten und reichte die Ausweise zurück.

»Können wir Nr. 38 haben?«, fragte Claudia. Wieder registrierte Benno beim Rezeptionisten ein schlecht unterdrücktes Erstaunen. Benno sah Claudia fragend an und sie sagte, es gebe dort vom Balkon eine herrliche Aussicht über das Ruhrtal, welches sich in einer weit geschwungenen Biegung vor der Skyline der Innenstadt im Horizont verlöre.

»38 ist leider belegt. Ich gebe Ihnen 36.« Der

Rezeptionist fingerte den Zimmerschlüssel vom Kasten. »Die Aussicht ist die gleiche. Es wird Ihnen bestimmt gefallen.«

Im Aufzug zur dritten Etage sagte Benno: »36. Der Mann am Empfang hat dich bestimmt erkannt. Er wird uns für ein Liebespaar halten, bei dir mit wechselnden Liebhabern. Und sich fragen, aus welchem Grund du das Zimmer Nr. 38 haben wolltest.«

»Du meinst, ich habe mich auffällig gemacht?«

Benno öffnete die Zimmertür und ließ Claudia an sich vorbei eintreten. Er war angenehm überrascht: Durch den hellblauen Teppichboden schlängelte sich ein graues Reliefmuster, Farben, die sich mit einem kontrastierenden Rotton in den Vorhängen widerspiegelten. Von den Kopfkissen leuchteten Schokoladenherzen in rotem Stanniolpapier. Mit der hellen Möblierung erzeugte der Raum ein Gefühl von Leichtigkeit.

»Das Zimmer ist genau wie 38«, stellte Claudia überrascht fest. »Sogar die beiden Bilder sind identisch.«

Benno musterte das Bild über dem Bett. »Lithografien. Sie unterscheiden sich nur durch die Nummerierung des Blattes innerhalb der Auflage.« Er stellte sein Bordcase mit dem, was er für die Übernachtung brauchte, auf die Kofferablage. »Du hast nichts dabei?«

»Hast du erwartet, dass ich mit dir hier übernachte? Wolltest du deshalb unbedingt das Zimmer inspizieren?«

Benno hätte nichts dagegen gehabt, war er ehrlich

gegenüber sich selbst, auch wenn er diesen Gedanken sorgsam im Verborgenen gehütet hatte, als sei er etwas Verwerfliches. »Es soll doch überzeugend sein. Was denkt das Hotelpersonal, wenn wir ohne Gepäck ankommen?«

»Wo wir auch noch in dieser Stadt wohnen und kein Hotel nötig hätten.«

»Stimmt«, sagte Benno. »Sollte der Mensch am Empfang etwas mit der Sache zu tun haben, ist er jetzt gewarnt. Wir sind Deppen.«

»Wir?«

Benno ließ die Frage im Raum stehen. Er hatte keine Lust auf Klarstellungen und Rechtfertigungen, wer, wie, was… »Von wo aus sind die Fotos gemacht worden?«

»Von der Wand am Kopfende.«

Über die ganze Kopfseite des Bettes verlief ein Bord, in dem auf der linken Seite eine Uhr und ein Radio eingebaut waren. Es gab keine Stelle, wo man eine Kamera versteckt einbauen konnte. Claudia musste Bennos Gedanken erraten habe, denn sie erwähnte, dass auf dem Bord mal eine kleine Skulptur gestanden hätte, die sie für eine Dekoration gehalten hatte. »Kennst du die Aphrodite von Melos?«

»Die Venus von Milo. Das passt. Die Frage ist, in welchem Körperteil das Objektiv versteckt war.«

»Das ist nicht lustig«, protestierte Claudia. »Wir haben das zunächst für einen anzüglichen Scherz des Hotelpersonals gehalten.«

»Und später hattet ihr Besseres zu tun als euch zu

beschweren.« Benno konnte einen Anflug von Bitterkeit in seiner Antwort nicht verbergen. Du bist eifersüchtig, gestand er sich ein. Liebend gerne wäre er derjenige gewesen, an Stelle von Jochen Marquardt. Diesen Wunsch hatte er sich nie erfüllt, und zwar nicht nur, weil er am Erfolg gezweifelt, sondern weil er trotz aller Schwierigkeiten geglaubt hatte, mit Marie Luise noch eine gemeinsame Zukunft zu haben. Schon der Zustand in diesem Spannungsfeld war ihm wie Fremdgehen vorgekommen.

»Ich verstehe, dass du mir die Bilder nicht zeigst, aber außer nackten Körpern in den bekannten Posen wird nichts zu sehen sein, was uns weiter bringt. Das Hotelzimmer kennen wir ja nun. Wir könnten etwas essen gehen«, lenkte Benno das Gespräch auf ein anderes Thema, »nicht weit von hier gibt es einen guten Italiener. Fußläufig.«

Claudia willigte mit einer Freude ein, als hätte Benno ihr einen lang ersehnten Herzenswunsch erfüllt. Vielleicht war sie froh, vermutete er, endlich aus einem Zimmer herauszukommen, welches Erinnerungen weckte, die man gemeinhin nur zwischen den Betroffenen teilt.

Der Name des Restaurants – Dolce Vita – stand in schwungvoller, in rosa gehaltener Neonschrift über der Eingangstür, was sich überhaupt nicht mit dem üblichen grün-weiß-rot italienischer Lokale vertragen hätte, warum man hier auch darauf verzichtet hatte. Benno erinnerte, dass er den Fellini-Film – La Dolce

Vita – immer noch nicht gesehen hatte, den er für so etwas wie Allgemeinbildung hielt und nicht, weil er besonders scharf auf die Szene mit Anita Ekberg im Trevi-Brunnen gewesen wäre. Benno suchte einen Tisch abseits in einer Ecke aus, von dem er sich Abgeschiedenheit erhoffte und der trotzdem vom Personal erreicht werden würde.

Gamberini aglio e olio waren neu auf der Karte, stellte Benno fest, aber auf Knoblauch wollte er sich heute Abend nicht einlassen, und wieder einmal *Carpaccio* oder *Vitello tonnato* war ihm zu langweilig. Er bestellte die Vorspeisenplatte aus verschiedenen eingelegten Gemüsen, die hier fertig serviert wurde und nicht am Büfett selbst ausgesucht werden musste. Claudia wollte einen gemischten Salat, der nicht auf der Karte stand, wie der *cameriere* bemerkte. Salat mit Meeresfrüchten sei auch gesund und habe wenig Kalorien, empfahl er. Den Rest der Bestellung übernahm Benno: *Tagliatelle ai porcini*. Zu Steinpilzen passe eine helle Soße besser als die klassische immer rote. Er erzählte von einem Geschäftsessen in Italien – ein Wolfsbarsch unter Salzkruste zubereitet und mit Steinpilzen und hauchdünnen Scheiben von der Trüffel serviert. Es hatte vorzüglich geschmeckt, aber das konnte Benno Claudia gesprächsweise nicht vermitteln. Im Grunde versuchte er, die in Einsilbigkeit abgeglittene Unterhaltung mit Dingen zu füllen, die ihm im Moment einfielen. Weil Claudia trotzdem in Schweigen versank, entschied sich Benno für ein Essen im Sinne von Commissario Montalbano, der nach dem Willen seines literarischen Ziehvaters ein stummer Genießer war und beim Essen nicht sprach, auch wenn Benno mit Claudia gerne über seine sizilianischen Romanvorlieben geredet hätte.

Bisher verlief der Abend so, wie Benno ihn sich nicht vorgestellt hatte. Er ahnte auch warum: Gregors Auszug machte Claudia zu schaffen, sobald der Alltag ihre Gedanken nicht mehr beschäftigte.

»Wenn so etwas passiert«, unterbrach Benno das Schweigen, »dann ist die Liebe ohnehin verloren.«

»War das so bei dir?«

Benno ließ sich mit der Antwort einen Augenblick Zeit. »Da war Überraschung, Erstaunen, Ungläubigkeit, sogar Trauer, bis eine Leere einsetzte, die mich vollkommen ausfüllte. Das Denken kreiste um die Frage, was ist falsch gelaufen, du liebst sie doch, bis die Erkenntnis kommt, dass du falsch formuliert hast: du hast sie geliebt, aber sie ist dir irgendwann entglitten.«

»Das hört sich harmlos an wie eine Unachtsamkeit. Hattet ihr nie Meinungsverschiedenheiten, ein Zerwürfnis?«

»Marie Luise konnte sich nie mit meinen Arbeitszeiten anfreunden, dabei hat sie sich manches Mal über die Faulheit ihrer Kollegen im Amt geärgert. Während sich das Amt zu jeder Gelegenheit Fristverlängerung gewährt, schauen bei uns die Chefs in ihre Terminkalender und stellen fest, dass es nur noch übermorgen geht. Dann musst du mit der Sache fertig sein oder du findest dich eines Tages auf einer Stelle wieder, von der jeder im Unternehmen weiß, was sie bedeutet: Im Organisationsplan spiegelt sich dein Versagen wider. – Außerdem hat sich Marie Luise nicht mit meinen Eltern verstanden.«

»Wie spannend.«

»Vielleicht ist das der springende Punkt – die Beziehung ist eingefahren, es passiert nichts Aufregendes mehr. Eine ideale Ausgangssituation, um an Nichtigkeiten zu scheitern.«

»Zu einer guten Partnerschaft gehört deiner Meinung nach regelmäßige Aufregung?«

»Warum nicht?« Benno verzog die Lippen. »Man wacht aus dem ewigen Gleichmaß auf, nimmt den Anderen wieder war, geht aufeinander zu…«

»Also doch – fehlende Aufregung. Ich habe dich immer für aufrichtig, anständig gehalten. Andere würden das langweilig nennen, aber dich konnte ich in den Arm nehmen ohne Gefahr zu laufen, an der Brust oder am Po begrapscht zu werden.«

Obwohl es mühsam gewesen war, sich zu beherrschen. Benno schwieg: Er sah, wie sich Claudias Gesichtsausdruck plötzlich zu einer stummen Frage veränderte, die er so nicht verstand, aber dann von ihr leise ausgesprochen wurde: »Aber du hättest gerne, nicht wahr?«

Benno hätte nur zu nicken brauchen, aber er schämte sich wie ein Schuljunge, der beim verbotenen Blick in die Mädchenumkleide erwischt wird. »Lass uns Schluss machen für heute. Ich bin müde.«

Claudia ließ ein paar Sekunden verstreichen.

»Schade, dass du auf meine Frage nicht geantwortet hast. Es wäre ein Kompliment für mich gewesen: Du bist begehrenswert. Und ich hätte es dir zurückgegeben: Du stehst hoch in meiner Achtung. Seit wann ist Anstand ein Makel?«

»Wenn ich unser Verhältnis mit deinem Verhältnis mit Jochen vergleiche – wer ist da der Trottel?«

»Ich«, stellte Claudia fest.

Benno öffnete den Mund. Es reichte weder für eine Entgegnung noch für ein erstauntes Gesicht.

»Benno, dich heiratet man – Frau – um einer glücklichen Beziehung Willen. Doch ich stehe am Ende allein da. Du hast von Zuwendung und Zärtlichkeit gesprochen, gut, aber die wünsche ich mir nicht nur in heimlichen Schäferstündchen.«

»Marie Luise will sich scheiden lassen – so viel zu der glücklichen Beziehung, die du mir zugesprochen hast.«

»Das ist doch kein Gegenbeweis.« Claudia winkte der Bedienung. »Wir möchten zahlen.«

Benno fiel zurück in Schweigsamkeit. Ihm passte nicht, wie Claudia das Gespräch, das interessant zu werden versprach, durch den Ruf nach der Rechnung unterbrochen hatte. Für einen Augenblick überlegte er, getrennt zu zahlen, aber das erschien ihm doch zu kleinkariert.

Auf dem Weg zum Hotel blieb Claudia dicht neben ihm. Dann nahm sie seine Hand. Wie ein verliebtes Paar, selig versunken im eigenen Glück, dachte Benno, und genoss den Augenblick wie alle

Verliebten. Als sich der beleuchtete Hoteleingang in sein Blickfeld schob, schloss er für einen Moment die Augen; er fühlte sich im Dunkeln ganz Claudias Führung anvertraut – ein flüchtiger Eindruck, denn mit jedem Schritt näherte sich der Zeitpunkt, zu dem Claudia seine Hand freigeben würde.

Er blieb abrupt stehen, ohne sie loszulassen. Claudia wirbelte herum, ihre Hand stützte sich an seiner Brust und ihr Gesicht war nur noch wenige Zentimeter von seinem entfernt. Er nutzte das Überraschungsmoment und die plötzliche Nähe nicht aus. Im Nachhinein betrachtet hatte er das immer zunächst für Feigheit und später für Anstand gehalten.

»Ich werde nicht mit dir im Hotel übernachten«, sagte Claudia. Mit einem Schlag waren Bennos hoffnungsvolle Gedanken müßig geworden. Eigentlich war Claudias Ablehnung selbstverständlich – ihr Mann war soeben ausgezogen und ein Erpresser bedrängte sie. Schließlich hielt er Claudia nicht für so gefühllos, dass sie über diesen Dingen stand.

»Du hast auch nichts für die Nacht mitgebracht«, bemühte Benno die unumstößliche Kraft des Faktischen, als sei es undenkbar, dass sie sich nackt ins Bett legen würde. Aber vermutlich scheiterte es an dem fehlenden morgendlichen Make-up, dachte er sarkastisch, ohne das eine Frau offensichtlich nicht nach außen in die Welt treten konnte.

Sie werde sich ein Taxi rufen, sagte Claudia, als sie am Hotel angekommen waren, und kramte in ihrer Handtasche nach dem Telefon. Während sie das Telefon ans Ohr hielt, gab Benno ihr einen flüchtigen Kuss auf die Wange. Am Hoteleingang drehte er sich noch einmal um, weil ihm bewusst geworden war, dass er ohne Abschied gegangen war, aber Claudia sprach noch mit der Taxizentrale.

Obwohl das Zimmer ruhig war – es drangen keine Verkehrsgeräusche von der Straße herauf und die Klimaanlage verrichtete mit einem kaum wahrnehmbaren Rauschen ihren Dienst – konnte Benno nicht unmittelbar einschlafen. Er drehte sich von der rechten auf die linke Seite und wieder zurück. Seine Gedanken kreisten um Claudia, aber, wie er selbstkritisch feststellte, nicht um ihr Unglück, sondern um die Perspektiven, die sich daraus für ihn ergeben konnten. Eine Partnerschaft mit ihr wäre das höchstmögliche Glück, das er sich im Augenblick vorstellen konnte. Er grübelte noch um die wahren Gründe, warum er wegen der Erpressung unbedingt das Zimmer in Augenschein nehmen wollte, und schlief schließlich über der Feststellung ein, dass er sich nicht erinnern konnte – zumindest nicht an einen Grund, der sie in der Sache weiter gebracht hätte.

Ein unangenehm schriller Ton riss Benno aus dem Schlaf. Er blinzelte und tastete nach dem Telefon.

»Ja?«

»Die Übergabeforderung ist da. Per Post.«

»So früh?« Benno hatte jetzt auch den Wecker im Blick. Es war noch keine sieben Uhr.

»Der Brief muss schon gestern gekommen sein,

aber da war ich ja unterwegs.«

»Und was steht drin?«

»Ich soll das Geld im Umschlag an eine Adresse hier in der Stadt schicken.«

»Machst du's?«

»Aus welchem Grund war ich bei der Bank? Bessere Vorschläge sind jederzeit willkommen.«

Schade, dachte Benno, aber er wusste auch keinen Rat. »Na dann, sagte er lapidar und legte auf.

Im Büro vergaß er einen Termin, Überprüfung der Kalkulationsansätze für das Italien-Projekt, und wurde telefonisch von Alex Pohlberg erinnert, wo er denn bleibe, Kröger und Fischer würden warten. Auf dem Weg zum Besprechungsraum überlegte Benno eine Ausrede für seine Verspätung, weil ihm aber keine einfiel, ließ er den feinen Spott über sich ergehen, der sich um einen wohlverdienten Büroschlaf rankte. Auch sonst war er unkonzentriert und ließ Alex einspringen, um einige unpraktikable Vorschläge von Fischer abzublocken.

»Was ist los mit dir? Warum lässt du mich gegen meinen Chef argumentieren? Das übernimmst doch sonst immer du.« Ohne eine Antwort abzuwarten bog Alex in den Flur ein, an dessen Ende sein Büro lag.

»Wir telefonieren«, rief Benno ihm hinterher.

Alex ließ es klingeln. Als Benno glaubte, Alex würde nicht mehr abnehmen, legte er auf. Er wäre am besten gar nicht zur Arbeit erschienen, wenn darunter sein freundschaftlich kollegiales Verhältnis zu Alex leiden würde, dacht er. In der Kantine erwischte er einen unbesetzten Platz gegenüber von Alex.

»Fischer kam noch in mein Büro. Wollte wissen, wieso ich gegen seine Vorschläge wäre. Ich habe ihm gesagt, wir hätten bereits eine Vorabstimmung mit der Finanzabteilung wegen der Zinssätze gemacht. Er hat geknurrt, es aber dann geschluckt. Er will aber beim nächsten Mal dabei sein.«

Gott sei Dank, Alex war nicht verärgert. Wenn es gegen Fischer ging, war auf ihn Verlass. Sie ließen das Thema aber ruhen. Hier konnten Kollegen mithören, mit denen sich Herr Fischer möglicherweise gut verstand.

Am Nachmittag trödelte Benno weiter und hoffte, von Direktor Mühlmann nicht gestört zu werden. Während Bennos Gedanken im Hotelzimmer verweilten und seine Fingerspitzen langsam vom Knie ausgehend Claudias Bein emporwanderten, suchte er in ihren Augen verzückte Verschleierung; sie aber schaute offen und er glaubte sogar, einen Hilferuf zu vernehmen. Ich muss mir die Adresse einmal anschauen, dachte er und rief spontan Claudia an.

»Was willst du dort?« fragte sie. »Das Geld ist schon unterwegs.«

Er wolle sich ein Bild machen, denn unter der Anschrift kann ja unmöglich der Erpresser wohnen. Er versprach Claudia sich zu melden, wenn er etwas in Erfahrung bringen würde.

Am nächsten Tag – es war ein Samstag – saß Benno in seinem Wagen etwa hundert Meter vom Eingang des Hauses mit der angegebenen Hausnummer entfernt, auf dem Sitz neben ihm ein Fernglas. Als er den Wagen parkte, war er ausgestiegen und wie ein Passant, der eine Adresse sucht, an dem Haus vorbei gegangen. Es gab keinen Briefkasten, dafür einen Briefschlitz in der Haustür mit einem Namen, den er im Vorbeigehen nicht lesen konnte. Er ging weiter bis er glaubte, niemand würde ihn mehr beobachten, und kehrte auf der anderen Straßenseite zu seinem Auto zurück.

Samstags kam die Post bei ihm später, das würde hier nicht anders sein, überlegte er und schlug die Tageszeitung auf, um die Wartezeit sinnvoll zu nutzen. Hinter dem Lenkrad zu lesen erwies sich bei der Größe der Zeitungsseiten als unbequem. Immer wieder verlor er die Schlagzeilen aus dem Blick und seine Augen wanderten über den Zeitungsrand auf die Haustür. Plötzlich stand da ein gelbes Fahrrad mit schweren Packtaschen vorne und hinten, ein Mann in schwarz-gelber Jacke ging mit einem Umschlag zur Haustür, schaute auf das Namensschild auf der Tür und hoch zur Hausnummer. Dann warf er den Umschlag durch den Briefschlitz.

Benno glaubte, das Zuschlagen der Briefklappe zu hören. Unruhe erfasste ihn, am liebsten wäre er aufgesprungen, über die Straße gerannt und hätte Sturm geklingelt. Und dann? In dem Haus musste der Erpresser sein oder ein Mittelsmann. Benno nahm das Fernglas vom Beifahrersitz. Das Haus war das erste in einer Reihe von älteren, gedrungenen Einfamilienhäusern mit dreckig-grauem Putz oder aufgeklebten

Kunststoffklinkern. An den Kanten der Fenstersimse hatte der Regen schwarze Streifen hinterlassen. Mehrgeschossige Mietshäuser, an deren Fassaden der Schmutz von zwei überstandenen Weltkriegen klebte, schlossen sich an die Einfamilienhäuser an. Eine passende Gegend für das, was sich hier soeben abspielte, dachte Benno.

Durch das Fernglas konnte Benno die blinden Fenster sehen, die mit Gardinenfetzen verhängt waren, um dem Haus einen bewohnten Eindruck zu verschaffen. Der Empfänger des Geldes war bestimmt nicht da, vermutete Benno. Er stieg aus und bog in die Seitenstraße ein, um das Haus von hinten in Augenschein zu nehmen.

Die Einfamilienhäuser hatten angrenzende Gärten. Bei deren Anblick hatte Benno keinen Zweifel, dass in Nr. 46 schon längst keiner mehr wohnte. Er zwängte sich durch ein metallenes Gartentor, das er nur mit Kraftanstrengung wenige Zentimeter in den verrosteten Angeln bewegen konnte. Zwei über den Gartenweg hinaus gewachsene Rhododendronsträucher benutzte er als Deckung und schlich zu einem der rückwärtigen Fenster. Er blickte in einen halbdunklen Raum, in dem nur ein Tisch stand mit einem umgestürzten Stuhl daneben. Vorsichtig drückte er gegen einen Fensterflügel, aber das Fenster war verschlossen; die Scheibe einzuschlagen traute er sich nicht, das machte zu viel Aufsehen. Er probierte auch die grün verblasste Holztür, die in einen angebauten Windfang und in das Innere des Hauses führte. Die Türklinke ließ sich nicht mehr bewegen, aber dafür schwang die Tür leichtgängig auf. Der Windfang führte in einen Flur, der das Haus in zwei Hälften teilte und auf die Haustür mündete. Benno konnte den hellen Umschlag schon aus der Entfernung erkennen. Er hob ihn auf – Hans Reichelt, Gasstraße 46 – das war die Sendung an den Erpresser. Der Umschlag enthielt zwei Geldbündel mit Banderolen zu je 5000 Euro in 50-Euro-Scheinen. In kleinen Scheinen mit nicht aufeinander folgenden Nummern, erinnerte er sich an etliche Geldforderungen aus Fernsehfilmen.

Eine steile Treppe führte auf den Dachboden. Zwei Räume waren abgeteilt, sonst gab es nichts als Staub, einen Stapel Profilholz und allerlei Reste, die nicht zusammengefegt und in den Abfall geworfen waren, kein Hinweis auf einen Erpresser. Allerdings wusste Benno auch nicht, worauf er achten sollte. Als er auf dem Rückweg die Tür zum Garten öffnete, lief er einem Polizisten in die Arme.

»Herr Reichelt?«

Benno verneinte, konnte sich aber nicht ausweisen. Der Beamte notierte die Personalien, die Benno ihm diktierte.

»Was machen Sie hier?«

»Ich – habe etwas abgeholt. Für – einen Bekannten.«

Der Polizist deutete auf den Umschlag in Bennos Hand. »Aus einem unbewohnten Haus? Zeigen Sie mal her.«

Benno presste den Umschlag fest an seinen Körper. Der Polizist riet ihm, doch keine Umstände zu machen, und sprach dann in sein Funkgerät: »Klaus, ich habe hier eine Festnahme.«

Benno überlegte zu fliehen, verwarf diesen Gedanken aber sofort. Festnahme – das schockierte, ängstigte und beschämte, er dachte an die Konsequenzen, an Claudia, Direktor Mühlmann, die Kollegen, glaubte, ein höhnisches Gelächter von Werner Ungscheid zu hören...

»Ich nehme Sie vorläufig fest wegen des dringenden Tatverdachtes, einen Einbruchdiebstahl begangen zu haben. Kommen Sie.«

Benno löste sich aus seiner Schockstarre und begleitete den Polizisten zum Streifenwagen. Auf der Fahrt zur Wache blieb er in sich gekehrt, ohne wieder klare Gedanken zu fassen. Als das Protokoll aufgenommen wurde, ärgerte er sich, dass er sich auf der Fahrt keine plausiblen Erklärungen für sein Eindringen in das Haus überlegt hatte.

Die Überprüfung des Umschlages löste Überraschung und zusätzliche Fragen aus. Benno verweigerte jede Auskunft und beharrte auf seiner ursprünglichen Aussage, er habe den Umschlag lediglich für einen Bekannten abgeholt. Das wachsende Misstrauen der Beamten beunruhigte ihn. Als man ihm eröffnete, er würde im Präsidium weiter verhört werden, protestierte er laut, bis er merkte, dass er nur seine Schutzbehauptung und keine Argumente hatte, ohne Claudia in den Fall hineinzuziehen.

Im Präsidium lernte er erstmals persönlich einen

Verhörraum kennen. Verstohlen schaute er sich nach der Videokamera um. Auf dem Tisch stand lediglich ein Mikrofon, daneben lag der Umschlag mit dem Geld. Benno wartete. Er sollte wohl mürbe gemacht, weich gekocht werden, vermutete er aus den Bildern von Verhören, die sich in seinem Kopf aus Unmengen von Kriminalfilmen im Fernsehen abspulten. Schließlich erschienen zwei Beamte in Zivil. Aha, die Kriminalhauptkommissare, dachte Benno. Er fühlte sich plötzlich stark und kampfeslustig. Der Mann ihm rechts gegenüber stellte das Mikrofon an und diktierte den Vorspann: wann, wo, wer, was.

»Sie sind heute gegen halb zwölf Uhr in das Haus Gasstraße 46 eingebrochen. Erzählen Sie mal.«

Einbruch? Es musste der Schock gewesen sein, dass er bisher darauf nicht gekommen war: »Die Tür zum Garten war nicht verschlossen, die Klinke ließ sich nicht mehr bewegen. Die Tür ging praktisch von selbst auf.«

»Von selbst?« Die Rückfrage klang so, als hätte der Polizeibeamte selten eine dümmere Ausrede gehört.

»Haben Sie es nachgeprüft?«

»Gut, gehen wir erst einmal von Hausfriedensbruch aus. Gehört das Geld Ihnen?«

Benno verneinte. »Ich habe den Umschlag für einen Bekannten abgeholt.«

»Der hat sicherlich einen Namen.«

Benno schwieg. Der andere Beamte mischte sich ein. »Wir wissen, dass das Haus als ›toter Briefkasten‹ genutzt wird. Aus welchem Deal stammt das Geld?

Sie machen sich der Beihilfe schuldig.« Beihilfe wozu? Das wussten die beiden Beamten wohl selbst nicht.

Benno blieb stur. Claudia war das ihn antreibende Element, das ihm half, standhaft zu bleiben, wenn er drauf und dran war, alles zu gestehen. Und - das Beweismaterial bei Claudia zu sichten, gönnte er den Polizisten nicht. Noch eine Weile bedrängten sie Benno, doch ohne Beweise, ob und welche Straftat ihm zu Last gelegt wurde, konnten sie sein Schweigen nicht brechen. Als sie einsahen, dass ihre Mühe umsonst war, nahmen sie Benno in Gewahrsam. Eine Nacht in der Zelle, dann würde er schon auspacken, ging Benno noch ein weiterer Standardsatz aus den Krimis durch den Kopf. Er amüsierte sich sogar für einen Augenblick. Vor Zellen hatte er keine Angst. Viel größer als eine Zelle, das Fenster zum Innenhof unerreichbar hoch, war auch die umfunktionierte Besenkammer nicht, die er auf seiner ersten Urlaubs-reise nach Italien für einige Nächte in Mailand ange-mietet hatte. Aber so einfach, wie Benno sich das ausgemalt hatte, war es nicht. In Mailand war er unterwegs gewesen, erst auf das Dach des Domes gestiegen – mit dem Lift – und die erhöhte Aussicht genossen, dann bis zum Castello Sforzesco gelaufen, wo am Vortag eine Demonstration der Kommu-nistischen Partei stattgefunden hatte, wie er an der Vielzahl der herumliegenden Plakate sah, nichts Selbstgemachtes, sondern mit Parolen bedruckte Pap-pen auf Latten genagelt; hier in der Zelle war es das Nichtstun, das stundenlange Herumsitzen, was in ihm den Wunsch nährte, so schnell wie möglich hier heraus zu kommen. Dann, ganz unvermittelt, überfiel ihn die Erkenntnis, dass er Mist gebaut hatte: Das Geld war nicht angekommen, also würde Gregor das Video und die Bilder erhalten! Wie sollte er Claudia jemals wieder unter die Augen treten? Bennos Handflächen wurden feucht, die Haut prickelte und die Luft zwischen Hemd und Haut schien ihm kühl.

Benno maß die Zelle mit großen Schritten aus, vor und zurück. Als er sich ruhiger fühlte, begann er die Wände zu betrachten, sie nach Inschriften zu durchsuchen, Lebenszeichen früherer Insassen. Bis auf einige eingekratzte Daten fand er nichts. Die Situation hier in der Zelle war auch nicht so, dass ein Spaßvogel ›Ilroy was here‹ an die Wand gekritzelt hätte.

Als am nächsten Morgen die Zellentür geöffnet und Benno aufgefordert wurde mitzukommen, wäre er beinahe umgefallen, als er sich von der Pritsche erhob. Sein Kopf war von einer unruhigen Nacht benommen und unfähig, sich noch eine Strategie auszudenken. Ob er den wahren Sachverhalt aufdecken sollte? Im Verhörraum war er zunächst wieder allein. Kraftlos legte er den Kopf auf seine Arme.

»Der ist fertig«, urteilte einer der beiden Kommissare, die hinter dem Einwegspiegel standen. »Da kommt Staatsanwalt Sonntag.« »Am Sonntag«, witzelte sein Kollege.

Benno richtete sich auf, als der Staatsanwalt den Raum betrat.

»Benno Schmidtbauer?«

Benno verschlug es die Sprache. Ausgerechnet Gregor! Mit seinem Auftauchen war die Sache hoffnungslos geworden.

»Ich habe dich lange nicht im Verein gesehen. Allerdings war ich auch nur noch selten da. Die Schulter – Skiunfall. Du spielst nicht mehr mit Claudia?«

Benno schüttelte den Kopf. »Ich spiele gar nicht mehr.«

Die beiden Kommissare kamen nun auch herein. Einer legte eine Akte auf den Tisch.

»Du hast eine interessante Vita«, sagte Gregor, »in zwei Todesfälle verwickelt und jetzt ein mutmaßlicher Einbruchsdiebstahl. Respekt.«

»Ich habe den Umschlag nur abgeholt. Ein Freundschaftsdienst. Und die Tür hinten ist ja praktisch offen.«

»Du weißt also, wie man in das Haus kommt.«

Benno schwieg. Er wollte die Frage, wie er denn ins Haus gekommen wäre, wenn die Tür verschlossen gewesen wäre, nicht provozieren.

»Wir wollen das Spiel nicht wiederholen.« Zu den Kommissaren gewandt sagte Gregor: »Er hat eine Meldeadresse«, und zu Benno: »Eine ungekündigte Anstellung?«

Benno nickte.

»Da brauchen wir bei der dünnen Beweislage erst gar nicht zum Haftrichter. »Du kannst gehen, Benno, aber halte dich zu unserer Verfügung.«

Benno atmete tief durch. Zum ersten Mal seit gestern fühlte er keinen Druck in der Brust. Lange währte das Gefühl nicht, als ihm einfiel, dass ihm das Dilemma mit Claudia und dem an Gregor übersandten Material noch bevorstand. Von unterwegs rief er bei Claudia und bat um ein Gespräch – nein, nicht hier am Telefon, ob sie sich im Bistro treffen könnten?

Claudia betrat das Lokal ziemlich atemlos, was sie aber nicht hinderte, direkt und ohne Umschweife zu fragen, was es denn so Dringendes zu besprechen gebe. Benno begann zögerlich, beinahe bedächtig, von seinem Besuch in der Gasstraße zu berichten, und was sich daraus entwickelt hatte.

»Das Geld ist jetzt bei der Polizei, und Gregor ist für den Fall zuständig?«

Benno nickte, ohne Claudia anzuschauen.

»Du Idiot!« Eine Hand klatschte in sein Gesicht. Sekunden später saß er allein.

Die turnusmäßige Montagsbesprechung der Abteilung mit Direktor Mühlmann ließ Benno heute unbeteiligt über sich ergehen. Sein Chef, Steinberg, gab seine Ansichten über die neuesten Entwicklungen aus Brüssel zum Besten, die sich mit denen von Mühlmann nicht in allen Punkten deckten. Benno, der aus vielen Gesprächen mit Mühlmann über reichliche Erfahrungen hinsichtlich der Zwecklosigkeit von Widerspruch verfügte, hörte nur mit halbem Ohr zu. Er feixte, wenn auch nur innerlich, als Ungscheid in die Diskussion eingriff und Mühlmann ihm den

Auftrag erteilte, die von Brüssel geplanten Änderungen darzulegen und zu bewerten, um einen einheitlichen Informationsstand herzustellen.

Wie denn der Stand der Abstimmung der Kalkulationsansätze für das Italien-Projekt sei, fragte Mühlmann. Bennos Gedanken kamen aus der Zelle zurück, wo sie scheinbar jede Sekunde des mühseligen Nichtstuns verarbeiten mussten. Er sei mit Fischer, Pohlberg und Kröger einig, antwortete Benno, Diskussionsbedarf habe es lediglich zu den Zinssätzen und den Modalitäten von Sonderabschreibungen gegeben. Er werde das Ergebnis noch in einer Notiz festhalten. Und nur darum musste es Mühlmann gegangen sein, vermutete Benno, als er ihn aus seiner Lethargie aufscheuchte.

Mühlmann ließ man nicht warten. Sofort nach der Mittagspause machte er sich an die Arbeit. Ein Stück Normalität kehrte zurück; die Konzentration auf die Arbeit verscheuchte alle Befürchtungen, wie sein gestriges Abenteuer ausgehen würde.

Benno brachte die für Mühlmann bestimmte Kopie der Notiz persönlich ins Vorzimmer zu Gabriele. Unerwartet kam Mühlmann aus seinem Büro und bat Gabriele, einen Kaffee zu holen.

»Die Notiz?«

»Ja«, antwortete Benno.

»Dann kommen Sie mal mit rein.«

Benno schwante Ungemach. Und richtig – Mühlmann ging die Kalkulationsansätze mit ihm Punkt für Punkt durch. Bei den Zinssätzen hatte er eine eigene

Meinung. Benno hatte das nicht anders erwartet, doch er verfügte über ein Totschlagsargument: Selbstverständlich hätte er zusammen mit Pohlberg die Finanzabteilung eingebunden. Ähnliches gelte auch für das Thema Sonderabschreibungen: Man sei der Empfehlung der Steuerabteilung gefolgt. Mühlmann dozierte auch hierzu seine Ansicht, ohne auf einer Neubewertung zu bestehen. Mühlmann wurde dann unerwartet persönlich: »Was machen Ihre Herzrhythmusstörungen?«

Das war die offizielle Version für den zweiwöchigen Aufenthalt in der Psychiatrie.

»Alles im Lot«, log Benno.

»Sie sind in letzter Zeit auffallend ruhig, beinahe abwesend.«

»Vielleicht zu sehr entspannt?«

Mühlmann ließ das Thema damit bewenden. Als Benno wieder im Vorzimmer stand, würgte es ihm im Hals. Was, wenn er in Untersuchungshaft genommen würde? Diese Frage beschäftigte ihn im Verlaufe des Nachmittags: Er würde seinen Arbeitsplatz verlieren. An Arbeit schaffte Benno noch zwei Briefe an seine beiden süddeutschen Kunden; die aber auch nur, weil sie an einen Termin gebunden waren.

Benno machte heute früh Feierabend. Marie-Luise hätte ihre Freude daran gehabt, doch Benno hatte einfach von den quälenden Befürchtungen, die Nase voll. Was er nicht bedacht hatte: Zuhause gab es auch nichts zu tun und so ließen die bedrückenden Spannungen nicht nach. Er widerstand der Versuchung, sich mit Rotwein zu beruhigen. Stattdessen wechselte er das Jackett gegen eine Freizeitjacke und machte sich zu einem Spaziergang auf. Er nahm den Weg am Fluss entlang, den er mit Ricki schon ungezählte Mal gelaufen war, ging aber nicht über die Brücke. Vermutlich würde er unweigerlich auf eine Leiche stoßen oder sonst irgendwie in Dinge verwickelt, für die die Polizei zuständig war. Der Prozess in Lünkhusen würde im nächsten Monat beginnen, er war als Zeuge geladen und sich noch nicht darüber im Klaren, wie er aussagen sollte, für oder gegen Gerd.

Für Silke. Schließlich hatte *er* sich bei Silke wie ein Schuft benommen, und nicht Gerd. Das würde Gerd belasten. Zwar hatte Gerd geschossen, aber über ihn, Benno, würden Details seiner Beziehung zu Silke zur Sprache kommen und wochenlang das Tratschthema in Apeln sein, schrecklich für seine Eltern.

An diesem Punkt seiner Überlegungen machte Benno kehrt. Die Sorgen über die Konsequenzen seines ›Einbruchs‹ standen nun wieder im Mittelpunkt. Benno zwang sich zu nüchternem Denken. Einen Einbruch würde man ihm wegen der nicht abgeschlossenen Tür zum Garten nicht anhängen können, das lief auf Hausfriedensbruch hinaus. Zum Umschlag mit dem Geld müsste er das Eigentum nachweisen, um sich vom Vorwurf des Diebstahls zu befreien. Das war unmöglich. Aber wenn er bei seiner Schutzbehauptung bliebe, das Geld für einen Freund abgeholt zu haben – das Gegenteil konnte ihm die Polizei ebenso wenig nachweisen. Auf gar keinen Fall würde er Claudia verraten. Bennos Laune verbesserte sich schlagartig. Als sein Haus in Sichtweise kam, trällerte er einen Gassenhauer vor sich hin: ›Auf in den Kampf, die Schwiegermutter naht...«, kam allerdings nicht über die zweite Textzeile hinaus.

Zuhause beschloss er, angesichts der Entspannung doch eine Flasche Rotwein zu öffnen. Er entschied sich für einen Merlot und legte dazu ein Violinkonzert von Tschaikowsky ein. Mit geschlossenen Augen lehnte er sich in die Polster der Couch zurück, und als die Sologeige nach wenigen Minuten verstummte und das Orchester in das Leitthema einstimmte, fühlte er sich wie eine Feder, von einem sanften Lufthauch getragen.

Die Klingel an der Haustür entführte Benno aus seinem Wohlfühlträumen.

»Hier, lies!« Claudia hielt ihm eine Zeitung vor das Gesicht.

Verfolgungsjagd endet tödlich

Ein Mann, der am frühen Sonntagabend dabei beobachtet wurde, wie er in ein leerstehendes Haus in der Gasstraße eindrang, flüchtete vor der Polizei auf einem Motorrad. An der Anschlussstelle Mitte fuhr er in hohem Tempo auf die A40 auf, wobei er einen PKW touchierte und stürzte. Der Mann wurde von einem nachfolgenden PKW überrollt und verstarb noch an der Unfallstelle. Die Polizei geht davon aus, dass der Mann das Haus als ›toten Briefkasten‹ genutzt hat. Zu welchem Zweck, darüber wollte sich die Polizei nicht äußern und verwies auf laufende Ermittlungen.

»Wir sind raus!« jubelte Claudia, »der Mann wollte mein Geld abholen! Jetzt ist er tot.« Sie fiel Benno um den Hals und küsste ihn. Instinktiv fasste Benno zu.

Ende einer Dienstreise

Nur noch zwei Wochen.

Benno hatte keine Zeit gehabt zu überlegen, ob er das Ende herbeisehnte oder sich in die Gegebenheiten fügen sollte. Er arbeitete, als ob es das selbst gewählte Ende seines Arbeitsverhältnisses nicht geben würde, ohne das Wissen darüber zu verdrängen. Ihm blieb noch, Anna, seine Kollegin, persönlich bei den Kunden vorzustellen und um die Fortsetzung der guten Kontakte zu werben.

Es gab einen Zeitpunkt, an dem er dachte, sie würden niemals das Büro verlassen können, es lag zu viel Papier herum – Benno heftete die Vorgänge erst ab, wenn sie abgeschlossen waren – und dazwischen gelbe Merkzettel und eine Telefonliste wie eine Hydra, die sich selbstständig zu verlängern schien, sobald ein Anruf erledigt war. Der Termin in Zürich kam wie gerufen, denn von dort aus sparten sie den Tag für die Anreise zu den beiden süddeutschen Kunden; sie konnten sich mit der Bahn und einem Mietwagen sozusagen von unten nach oben mit einer Übernachtung in Freiburg durcharbeiten.

Anna blieb skeptisch. Sie dachte wohl an die drei Arbeitstage und an das, was auf dem Schreibtisch liegen bleiben würde. Das könne man nacharbeiten, sagte Benno, notfalls am Wochenende, das Vorstellen gäbe es nur einmal, jetzt oder nie.

Das letzte Mal – dieser Gedanke kam ihm bei allen möglichen Gelegenheiten: als ihm die Stewardess das

Glas Tomatensaft reichte und er Pfeffer und Salz unterrührte, den Gang zur Passkontrolle hoch, im Taxi, beim Lunchbuffet in der Versuchung, über den Hunger hinaus zuzugreifen, bei der Verabschiedung von den langjährigen Gesprächspartnern, gut gemeint und herzlich; weil aber niemand wusste, was wirklich gut für ihn war, blieben die Wünsche trotz ihrer Herzlichkeit oberflächlich.

Nach der Verhandlung blieb Zeit, zu Fuß zum Bahnhof zu gehen. Bis zur Abfahrt des Zuges hatten sie noch eine halbe Stunde. Sie schlenderten an den Marktständen in der Bahnhofshalle entlang und stiegen schließlich in den Zug.

»Weiß du schon, was du machen willst?« fragte Anna.

Die Verbindungstür zum nächsten Waggon öffnete sich und der Zugschaffner betrat das Abteil. Benno holte das Heft mit den Reiseunterlagen aus der Innentasche seines Jacketts. Anna wühlte in ihrer Handtasche, durchsuchte ihre Jacke und öffnete die Fächer ihrer Laptoptasche.

»Ich komme auf dem Rückweg noch einmal vorbei«, sagte der Zugschaffner und reichte Benno die Fahrkarte zurück.

Nur noch zwei Wochen.

Morgen würde er ihr Herrn Heimann vorstellen, sagte er, Heimann sei der Schwierigste von allen, glaube ständig, wir würden ihn bei den Verhandlungen über den Tisch ziehen. Anna war gleich Ohr und saugte auf, was er über Heimann berichtete, darunter auch einige Äußerungen, die Benno in den Vertragsverhandlungen als verletzend empfunden hatte. Heimann öffnete seine Privatpost nach eigenem Erzählen nur, wenn er Bescheid wusste, was ihm der Absender mitzuteilen hatte, und eröffnete Benno beim gemeinsamen Mittagessen mit geheimnisvoller Stimme, er müsse doch unserem Mehrheitsgesellschafter Mitteilung machen, wie wir das Geschäftsklima mit unseren Vorstellungen belasten würden.

Ein Psychopath, amüsierte sich Anna, während Benno erzählend Heimanns Widersinnigkeiten auftürmte. Heimann war ein sehr ergiebiges Thema, das die Fahrt bis Basel ausfüllte. In Basel mussten sie umsteigen und der Gesprächsfaden riss.

Anna wiederholte die Frage, was er ›danach‹ machen werde, als sie nach dem Abendessen in einer Gaststätte bei Bier und Wein saßen. Benno hatte im Kollegenkreis auf die gleiche Frage stets geantwortet, es werde sich schon etwas ergeben und damit für allerlei Spekulationen gesorgt – die bösen besagten, er sei gefeuert worden und tue nur so als ginge er freiwillig.

Es gebe zunächst genug zu tun, sagte er weit ausholend, mit aufgeschobenen Arbeiten in der Wohnung; bisher hätte er nur das Nötigste erledigen können.

Für Anna hatte er mit Arbeit in der Wohnung ein Stichwort gegeben. Sie erzählte vom Umbau des gekauften Hauses, von Handwerkern und von versteckten Mängeln. Benno vergnügte sich an ihren Emotionen und sarkastischen Bemerkungen, wenn sie und ihr Mann sich in das Unerwartete und Unabwendbare schicken mussten, so wie in ein selbst gewähltes Schicksal. Insoweit waren Anna und Benno durchaus vergleichbar, jeder bekam das, zu dem er sich entschieden hatte – er seinen Abschied von der Firma.

Als sich im Hotel die Tür des Aufzugs auf ihrer Etage öffnete, drückte er Anna flüchtig, bedankte sich für den netten Abend und wünschte eine gute Nacht.

Viertel vor zwölf. Claudia war um diese Zeit noch nicht im Bett. Benno wählte seine Nummer, und als sie sich meldete, sagte er: »Ich hatte versprochen, noch anzurufen.«

Claudia war nicht mehr nüchtern. Zwar bemühte sie sich, ihren Zustand zu verbergen, aber gerade das Bemühen gab ihrer Sprache den typischen Klang. »Du trinkst doch sonst nicht«, sagte er.

Sie legte auf.

Am nächsten Morgen fuhren sie mit dem Taxi zur Mietwagenstation. Anna löste ihn am Steuer ab, nachdem sie den ersten Kunden in Müllheim besucht hatten. Er dirigierte sie weg von der geradeaus nach Karlsruhe verlaufenden Autobahn auf die gewundenen Landstraßen durch die Elsässer Weinberge zu den pfälzischen.

»Ich beneide dich«, sagte Anna, während sie eine Weinkellerei in Wissembourg passierten, »wie ihr die Ungebundenheit genießt und hier demnächst in einem der Gasthöfe übernachtet.« Dass er wieder arbeiten gehen musste, kam ihr wohl nicht in den Sinn.

In Kaiserslautern trafen sie Heimann. Das Besondere an Heimann sei, klärte er Anna auf, dass er kein Pfälzer, sondern ein Westfale sei, sogar einige Jahre bei uns in der Firma gearbeitet hatte und schon aus Prinzip gerne gegen uns stänkere. Anna war sehr zurückhaltend im Gespräch mit Heimann, der es sich natürlich nicht nehmen ließ, seine übliche Vorstellung zu geben über das ›ich weiß ja aus eigener Erfahrung, wie ihr die Kunden einseift‹. Ein Gefühl von Sorge beschlich Benno. Wie würde sie ihm Kontra geben und Wahrheit von Vorurteil unterscheiden?

Mitten im Gespräch rief Claudia auf dem Mobiltelefon an, aber Benno drückte sie weg.

Heimann hatte auch Anekdoten zu erzählen, nur aus einer anderen Sichtweise. Benno legte seine Hand auf Annas Arm, als wollte er sie beruhigen und vor Heimanns Anwürfen schützen. Einige Augenblicke duldete sie ihn, dann griff sie nach der Kaffeekanne. Anna ließ sich nichts anmerken, ob sie die schwierigen Geschäftsbeziehungen als belastend ansah oder nur alles auf sich zukommen lassen wollte. Sie war nicht tough, unter dem business dress sogar verletzlich und sensibel. Das war Benno auch, aber gegenüber Heimann blieb er hart und unerbittlich, was seine aus der Luft gegriffenen Argumentationen anbetrafen. Gott sei Dank war Heimann ein Auslaufmodell; sie würden sich sozusagen in einem zeitlichen Abstand von einem Jahr selbst eliminieren: Benno freiwillig und Heimann in die Rente. Bis dahin galt es, Anna mit emotionalen Schutzschilden und Rettungsringen für das Überleben auszustatten. Sie war beeindruckt, sagte sie, als die wieder im Auto saßen. Sie würde ihr Bestes geben, hieß diese Aussage übersetzt – so gut kannte Benno sie schon.

Er war überrascht, als Anna bei der Abfahrt das Navigationssystem programmierte. Bennos Deutschlandkarte war im Kopf: Autobahn Richtung Trier, dann Richtung Koblenz abbiegen und dort die linksrheinische nach Köln nehmen, und wer von dort nicht zum Flughafen Düsseldorf und der Mietwagenstation findet ... Sein Mobiltelefon klingelte.

»Wir reden darüber, wenn ich zurück bin«, sagte er. »Versprochen.«

Anna sah ihn fragend an.

Benno konnte sich nicht mehr an den Zeitpunkt erinnern, an dem er die Orientierung verlor. Sie überholten auf der Autobahn soeben einen Schwertransport, als die freundliche Dame vom Navigationsgerät die nahende Abfahrt ankündigte. Er war sicher, dass sie geradeaus nach Trier kommen würden und dann erst nach Koblenz abbiegen mussten. Warum er trotzdem der Anweisung folgte und von der Autobahn abfuhr, lag an einem plötzlichen Impuls – er wollte nicht immer alles besser wissen. Erfahrung, das hatten ihn die letzten Monate mit Anna gezeigt, kann auch eine Bürde sein, wenn sie ständig hervorgezeigt werden muss.

Benno gab sich von nun an ganz den Anweisungen des Navigationssystems hin, und Anna half ihm in Zweifelsfällen. Am Anfang war er noch konzentriert, doch je weiter sie in den Hunsrück eintauchten, je mehr genoss er das Auf und Ab durch das Weideland und die Kurven durch die Wälder. Zuhause war jetzt *rush hour*, hier waren sie ziemlich allein mit der Straße im Wald und ihren Holzstapeln rechts und links und den Einmündungen der Forstwege. Wenn sie dann ganz unvermittelt aufgefordert wurden, in eine noch schmalere Straße zu nicht mehr bekannten Ortsnamen abzubiegen, fanden sie das erheiternd und spannend.

Es sei eine gute, eine schöne Zeit mit ihr gewesen, sagte er zu Anna.

Ja, antwortete sie. Benno hätte gerne eine ausführlichere Antwort gehört, nicht um Lob zu erheischen, sondern weil ihm daran gelegen war, dass sie wie er empfand. Inzwischen kannte er sie gut genug, um dem ›ja‹ eine weitergehende Bedeutung beizumessen.

Zu seiner entspannten Stimmung trug bei, dass er nicht mehr wusste, wo sie sich eigentlich befanden. Irgendwo im Hunsrück, das war ihm schon klar, aber ohne Vorstellung über die Entfernung zur nächsten Autobahn. Die Namen der größeren Orte kannte er, ohne dass sie sich in seinem Kopf zu einem Kartenausschnitt zusammenfügten. Ganz unschuldig war Anna nicht. Sie hatte nicht die schnellste, sondern die kürzeste Route ausgewählt.

Vor ihm mündete die Straße in einen der vielen ausgedehnten Wälder und stieg dann nach einigen Kilometern in Serpentinen zu einem Dorf hinab.

Benno verlangsamte das Tempo, als er die bunten Fassaden sah, und deutete auf einen Gasthof. Ob sie an das Abendessen denken sollten, fragte er.

Anna war einverstanden. Malerisch, urteilte sie, hier könnten sie den Ausklang des Tages genießen.

Er tat sich mit der Speisekarte schwer und nahm dann Altbekanntes, Anna nur einen Salat, zu dem er sich fragte, wie man denn bis zum Frühstück davon satt bleiben konnte. Bei den Weinen hatten sie die Pfälzer hinter sich gelassen und konnten aus Mosel/-Ahr/Ruwer wählen. Mitten hinein klingelte Bennos Telefon.

»Wir – ich bin gerade beim Essen«, antwortete er.

Anna machte ein Zeichen, ob sie ihn allein lassen sollte. Er bedeutete ihr, sitzen zu bleiben.

»Zweieinhalb oder drei Stunden«, sagte er, »es hängt davon ab, wie weit es noch bis zur Autobahn ist.«

Anna hob drei Finger.

Benno hörte noch eine Weile zu und sagte dann: »Ja. Können wir nicht... bitte, ich...« Dann brach das Telefonat ab.

»Deine Frau?« fragte Anna.

»Wir sind nicht verheiratet«, sagte er, griff zur Weinflasche und schenkte Anna und sich nach.

»Wir könnten hier übernachten«, schlug er vor, »und morgen weiterfahren.« Seine Hand lag – er wusste nicht wie – auf Annas Arm. Diesmal ließ sie es geschehen, doch schon nach kurzer Zeit schien seine Hand zu brennen und er zog sie zurück.

»Das ist keine gute Idee«, sagte Anna.

»Ob du gar nicht kommst oder wie üblich erst spät aus dem Büro – macht das für deinen Mann einen Unterschied?«

»Nein. Er vertraut mir.«

Benno schwieg, zerteilte sein Schnitzel und tunkte Pommes frites in die Sauce.

»Und du?« fragte Anna.

»Wenn ich nach Hause komme, wird sie nicht mehr da sein.« Er schob den Teller von sich weg und trank das Glas Wein in einem Zug leer.

Anna schwieg, betroffen und überrascht, wie Benno in ihrem Gesicht las. Dann fragte sie: »Bedauerst du das?«

Er zuckte mit den Schultern. »Ich weiß nur, dass ich nicht ankommen möchte.«

»Wie stellst du dir das vor – nicht ankommen?«

»Ich möchte, dass alles so bleibt wie es heute war – ungezwungen, sorglos, in deiner Begleitung, in der ich mich wohl fühle... Ich möchte mit dir die Nacht verbringen, aufwachen und weiter fahren, jeden Tag aufs Neue, ohne zu wissen, wo oder wann ich ankomme.«

Nach einer Weile sagte Anna: »Ich kann das Leben für dich nicht anhalten.«

Nein, das konnte sie nicht.

»Ich bleibe hier«, sagte Benno und schob den Autoschlüssel über den Tisch.

Vergeltung

Die massive Holztür fiel mit einem dumpfen Laut ins Schloss. Benno atmete tief durch; er saugte die Gerüche der Straße ein und tauschte sie gegen die klimatisierte sterile Luft des Gebäudes aus. Er kannte das Gebäude, es war Bestandteil eines Referats, das er über Burgen und Schlösser in der Region auf dem Gymnasium gehalten hatte. Viel war nicht zu berichten, er musste nur das Schild neben dem Eingangsportal referieren, das in dem Fachbuch abgebildet war:

Fassade der 1688-1695 errichteten fürstbischöflichen Sommerresidenz mit dem 1765-1767 ergänzten Mittelrisalit und der Freitreppe. Das Gebäude wurde im März 1945 bei einem Bombenangriff bis auf die Fassade zerstört. 1994/95 Eingliederung der Fassade der Ruine in den Neubau des Gerichtsgebäudes.

Benno entschied sich, die Freitreppe nach rechts zu nehmen, konnte aber den wartenden Journalisten nicht entkommen. Sie standen schon unten auf dem Bürgersteig, hielten ihm Mikrofone ins Gesicht, Objektive waren auf ihn gerichtet; und damit lastete schlagartig die ganze Schwere des Tatvorwurfs auf ihm, dem eigentlich verwerflich moralisch Verantwortlichen, so hatte Gerds Anwalt ihn während der Verhandlung dargestellt.

»Komm«, sagte ein Mann und zog Benno aus der fragenden Meute. »Du kennst mich nicht mehr? Norbert, ein Bruder von Gerd. Ich bin der Zweit-älteste von uns Dreien.«

Benno folgte ihm, bis auch der hartnäckigste Journalist aufgab, weil Benno nicht stehen blieb.

»Hier hinein«, dirigierte Norbert und ging voran. Benno las noch im Eintreten den Namen des Lokals, ›Zur letzten Instanz‹. Im Vorbeigehen an der Theke bestellte Norbert zwei Bier. Benno hatte nicht die Energie, die Bestellung zu korrigieren: Er war mit dem Auto hier und hätte ein Mineralwasser bevorzugt.

Das Lokal war leer, jeder Tisch war so gut wie der andere. Norbert wählte den nächststehenden kleinen, zu dem nicht zu befürchten war, dass sie ihn mit anderen, neuen Gästen teilen müssten. Als das Bier nach endlosen Minuten kam, stieß Norbert mit Benno an. Benno war jetzt wieder ruhiger und wartete gefasst auf die unvermeidlichen Fragen. Was vor Gericht zur Sprache gekommen war, hatte ihm gereicht; das weiter aufzuwärmen, widerstrebte ihm heftig und er bereute, dass er, um der Journalisten Willen, Norbert gefolgt war.

»Gerd hat mit mir nie darüber gesprochen«, eröffnete Norbert das Gespräch, »wie er Silke kennengelernt hat, und dass sie eigentlich deine Freundin war.«

»Es war sicherlich keine Glanzleistung von mir, aber nichts, was daraus geworden ist, wird durch den unreifen Fehltritt gerechtfertigt. Euer Anwalt hat auch mein Leben beschädigt, obwohl er nicht der Richter über meine Moral und meine Verfehlungen ist.«

»Er hat es bestimmt nicht persönlich gemeint. Es ging ihm um Gerd, um ein erträgliches Strafmaß. Das musst du doch verstehen.«

»Ganz Apeln nimmt es nicht persönlich!«, sagte Benno heftig. »Das ist Benno Schmidtbauer, der seine schwangere Freundin an einen Kumpel verkuppelt und sie dann sitzen gelassen hat!, tuscheln sie hinter vorgehaltener Hand und wenden sich unauffällig ab, wenn sie mir begegnen, als wären sie in eine andere Richtung unterwegs.«

»In vier Wochen redet keiner mehr darüber.«

»Sicher. Aber immer, wenn sie mich sehen, werden sie sich erinnern.«

»Du wohnst doch gar nicht hier, also was soll's.«

»Wir haben unser Haus verkauft. In vier Wochen ist Übergabe und ich habe noch keine neue Bleibe. Und keine neue Arbeitsstelle.« Benno erläuterte Norbert notgedrungen die Details, die Trennung von Marie Luise, seine Kündigung bei Energie West, die Überlegung, im Notfall übergangsweise bei seinen Eltern zu wohnen. Dass Claudia ihn seit der Kündigung auch verlassen hatte, weil sie mit ihm nicht ins Ungewisse leben wollte, behielt er für sich.

»Unser Haus in Apeln steht jetzt leer«, sagte Norbert. » ›Dat Mörderhuus‹ lässt sich nicht vermieten, meint der Makler.«

»Übertreibt er da nicht ein bisschen? Es war doch

kein Mord, sondern Totschlag.«

»Das interessiert doch einen Mieter nicht.«

»Die Leute verallgemeinern. Es gibt eben keine Grautöne mehr, nur schwarz oder weiß«, meinte Benno.

Sie kamen dann auf damals zu sprechen, wo sie den Ort als eine Gemeinschaft empfunden hatten, die nach festgefügten Regeln funktionierte: Im Schützenverein, im Spielmannszug, der Freiwilligen Feuerwehr und bei den Landfrauen.

»Oder nach Vorurteilen, die niemand in Frage gestellt hat«, rundete Benno das Thema ab. Er war angenehm überrascht, dass Norbert vernünftige Ansichten im Gespräch vertreten hatte. Zwischendurch bestellte Norbert noch ein Bier, Benno Mineralwasser.

»Und wie ist es dir seit damals ergangen?« erkundigte sich Norbert.

»Bundeswehr, Studium, Job. Ich habe bei Energie West angefangen, zuletzt Auslandsbeteiligungen verwaltet. Die Regeln im Unternehmen sind übrigens die gleichen wie in Apeln – es geht um Macht, nur mit unterschiedlichen Inhalten. Weil man ein höheres Gehalt hat, mehr Mitarbeiter. In Apeln zählen Schweine, Kühe, wieviel Morgen Ackerland. Ist hier schon mal ein Kötter Schützenkönig geworden, weil er der beste Schütze war? Die dürfen, wenn es zum Finale kommt, gar nicht mehr antreten.« Benno geriet in Fahrt. »Ich habe mal – ich glaube, ich war zwölf – beim Schützenfest am Schießstand gestanden und die Gespräche der Schützenbrüder mitgehört. Da durfte einer, der unbedingt Schützenkönig werden wollte, immer wieder schießen, obwohl er schon angetrunken war. Nach heutigen Maßstäben hätte die Polizei jeden alkoholisierten Schützen mit Gewehr einkassiert, auch wenn es nur Kleinkaliber ist.«

»Du bist auf Apeln nicht gut zu sprechen, nicht wahr?«

»Ach! Das mit dem Schützenfest war nur eine unbedeutende Erinnerung. Seltsam, dass ich mich die ganzen Jahre nicht an Silke erinnert habe.« Damit hatte Benno unvorsichtiger Weise selbst das unangenehme Thema angeschnitten.

»Ich habe mal was darüber gelesen, wie das Unterbewusstsein mit belastenden Dingen umgeht. Die werden ausgeblendet, als hätte es sie nicht gegeben. Ansonsten könne der Mensch nicht mehr normal weiter leben«, erklärte Norbert. »So ähnlich jedenfalls, ich bin kein Experte, aber so muss es bei dir gewesen sein.«

»Vermutlich. Und was hast du so getrieben?« lenkte Benno das Gespräch um.

»Den Hof bekommt immer der Älteste. Das war in unserem Fall auch passend, denn Dieter und ich haben uns nicht für Landwirtschaft interessiert. Ich habe eine kleine Versicherungsagentur in Dortmund.« Norbert nannte den Namen eines Unternehmens, der Benno aus seinem Job bei Energie West geläufig war. »Leben und Unfall, ab und zu Leben kombiniert mit einer Baufinanzierung. Das läuft aber wegen der aktuell schlechten Überschussbeteiligung nicht mehr gut. Bei den niedrigen Zinsen können wir nicht mithalten.«

Benno nickte. »Bist du zufrieden?«

»Im Großen und Ganzen ja. Natürlich gibt es Dinge, die nerven. Zum Beispiel die politischen Vorträge, die ich ungefragt über mich ergehen lassen muss. Am schlimmsten sind die Rechtspopulisten. Die meckern ständig über die Regierung. Da hilft nur zuhören und ab und an nicken. Einmal, bei einem Dunkelbraunen, habe ich meine Sachen eingepackt und gesagt, ich müsste zum nächsten Termin. Das war nicht besonders mutig, aber ich wollte keine Schwierigkeiten. Auch das unternehmensinterne ranking nach abgeschlossenen Policen habe ich gehasst. Dieser interne Wettbewerb grenzte an Ausbeutung. Wenn du dich übernimmst, ist das dein Problem; du bist halt nicht so gut wie die anderen, die es locker durchziehen. Die 25 besten Niederlassungen nehmen an einer Sonderveranstaltung des Vorstandes teil. Mit Bühnenprogram; Hotel, Essen, alles vom Feinsten. Ich war mal die Nr. 22. Den Stress in dem Jahr möchte ich mir allerdings nicht noch einmal antun.«

»Und freier Eintritt im Puff? Über Firmenveranstaltungen liest man ja so allerhand.«

Norbert schaute beleidigt. »Und du? Du bist ja ein ausgezeichnetes Vorbild.«

Benno entschuldigte sich. Die Gerichtsverhandlung habe ihn so mitgenommen, dass er im Moment nicht mehr er selbst sei. An und für sich provoziere er nicht.

Norbert zeigte Verständnis. Kein Job, keine Wohnung, also keine Perspektive. Da könne man schon aus dem Gleichgewicht geraten. Mit einer Arbeitsstelle könne er nicht dienen, aber mit preiswertem Wohnraum. Damit wäre Benno doch fürs erste geholfen. Und er müsse nicht unter der Brücke des Lippe-Seitenkanals an der B235 nächtigen.

»Witzbold!« kommentierte Benno. »Ich habe doch gesagt, dass ich notfalls bei meinen Eltern unterkomme. Bevor ich unter die Kanalbrücke ziehe.«

»Schade. Wir hätten den Mietvertrag gleich hier machen können.«

»Hast du den Vertrag denn dabei?«

»Wenn die Politik die Steuererklärung auf einen Bierdeckel hinkriegen will, schaffen wir das mit einem Mietvertrag erst recht.« Norbert fingerte einen Bierdeckel aus dem Ständer. »Die Adresse kennst du ja. Ich schreibe sie dir trotzdem auf, damit der Vertrag vollständig ist: Apeln, Alter Postweg 85.« Eine Kantenlänge des Bierdeckels reichte nicht und Norbert musste um die Ecke schreiben. Er drehte den Filz um. »142 m², drei Zimmer, Diele Küche Bad Keller.« Norbert notierte die Quadratmeter und 3ZKDBKeller. »200 Euro im Monat kalt, das ist doch fair, oder? Ab nächstem Ersten, also schon in einer Woche.« Norbert setzte Mietzins und Datum ein, krakelte seinen Namen auf ein freies Plätzchen und schob Benno den Bierdeckel zu. »Hier, unterschreib. Ich mache noch eine zweite Ausfertigung.«

Benno ließ den Bierdeckel liegen. »Lass gut sein, Norbert.«

»Billiger wohnst du nirgendwo«, hakte Norbert nach. »Das Haus ist ausgeräumt bis auf die Küche, die kannst du gerne nutzen.« Er ergänzte ›incl. Küchennutzung‹. Der Platz auf dem Bierfilz wurde knapp, Norbert musste in das Logo der Brauerei schreiben.

»Nach Apeln zu ziehen bedeutet Spießrutenlaufen. Der Standort ist auch nicht günstig, um eine neue Arbeitsstelle zu finden.«

»Es bedeutet auch, sich zu stellen, den Vorurteilen nicht wegzulaufen. Seht her, Ihr könnt mich zwar verurteilen, aber nicht vernichten.«

Benno winkte müde ab. »Sind nicht wir die mit den Vorurteilen? Wir unterstellen der Ortsgemeinschaft doch etwas – dass sie mir ihre Moral aufzwingt, zum Beispiel.«

»Überleg es dir.« Norbert langte nach einem weiteren Bierdeckel. »Meine Kontoverbindung und meine Telefonnummer. Das Angebot steht jedenfalls.«

Benno glaubte, Norbert Dank zu schulden für das Hilfsangebot. »Du bist eingeladen«, sagte er und steckte die beiden Bierdeckel in die Seitentasche des Jacketts.

Norbert nickte ein Dankeschön zurück. Die Idee, dass Benno in das Haus zog, in dem Silke gelebt hatte, schien ihm mehr und mehr zu gefallen, denn er malte wortreich ein Szenario aus, in dem Apeln in Entsetzen und Entrüstung versank, angefangen vom Boykott der Einzelhändler bis zu ungezählten Ausweichmanövern auf der Straße. Er ließ auch den Pastor nicht aus, der neuerdings die Gläubigen an der Kirchentür begrüßte und verabschiedete, und dem er in den Mund schob, Benno möge erst seine Sünden bekennen, bevor er einen Gottesdienst besuchen dürfe. An dieser Stelle warf Benno ein, zumindest was das Unkeusche beträfe, sei die Sache schon mit ›Vater unser‹ und ›Gegrüssest seist du, Maria‹ erledigt; wieviel, könne er nicht mehr sagen und Pastor Horstmeier könne die Absolution nicht nachträglich in Frage stellen, zumal er, Benno, aufrichtig bereut hatte, was er Silke angetan hatte. »Seine Freundin derart auszuleihen ist und bleibt eine Schweinerei«, sprach Benno den Gedanken laut aus.

»*Sie* hätte es dir heimzahlen sollen, nicht Gerd.«

»Ich war nicht mehr da. Und jetzt Schluss!« Benno winkte der Bedienung und zahlte.

Der Richter blieb unter dem Antrag der Staatsanwaltschaft und verurteilte Gerd zu einer Haftstrafe von fünf Jahren. Nach dem Urteil verschwand der Fall aus den Regionalnachrichten und aus Bennos Kopf. Er hatte bis jetzt keine Vorstellungen davon, was es bedeutet, arbeitslos zu sein. Die Kündigung bereute er nicht, nur wäre es besser gewesen, sich vorher um eine andere Stelle zu bemühen. Er recherchierte und fand heraus, dass die Arbeitsagentur und nicht das Jobcenter für ihn zuständig war. Als er eintraf, waren die Warteplätze schon besetzt. Er zog seine Nummer und starrte zunächst unentwegt auf die Anzeige – es gab nichts Sinnvolleres zu tun. Die Nummern kletterten stetig aber langsam, zu langsam - die seine musste hinter unendlich liegen. Am Ende der Wartezeit stand die bittere Mitteilung, dass er bis zur Auszahlung von Arbeitslosengeld eine dreimonatige Karenzzeit abwarten müsse, schließlich hatte er ohne triftigen Grund selbst gekündigt und deshalb keinen Anspruch. Benno hatte nicht vor, drei Monate untätig herumzusitzen und, nachdem das Haus verkauft war, auch keine dringenden finanziellen Sorgen. Allerdings hatte er – zumindest in diesem Moment – den falschen Beruf. Im gehobenen kaufmännischen Segment gab es keine Angebote, er müsste Koch oder Gärtner sein oder sich mit Halbtagestätigkeiten im Servicebereich oder als Bürohilfskraft zufrieden geben. Benno erklärte, er wolle es zunächst auf dem althergebrachten Weg versuchen, mit Stellenanzeigen in der Zeitung – immerhin hätte er drei Monate Zeit. Die Angestellte in der Arbeitsagentur wünschte ihm viel Erfolg.

Benno ging in den nächst gelegenen Papierladen, der zwar kein ›di‹, dafür ein ›Mac‹ im Namen führte, und kaufte zehn Bewerbungsmappen. Er glaubte sich damit bestens gerüstet. Im Hochgefühl seiner Ausbildung im Studium und der Berufserfahrung bewarb er sich spontan als Vertriebsleiter, Key Account Manager und Projektleiter. Dass er bisher noch keine Metall-Halbzeuge vertrieben hatte, machte ihm keine Sorgen, und nachdem er sich im Internet schlau gemacht hatte, war er der Überzeugung, so schwer könne es doch nicht sein, Rohre, Stangen und Bleche, flach oder aufgerollt, zu verkaufen. Hatte er nicht zwei schwierige süddeutsche Kunden bei Laune gehalten?, dachte Benno und fühlte sich für einen Key Account Manager bestens vorbereitet. An mehreren Umstrukturierungen hatte er bei Energie West teilgenommen, zwar nicht als Projektleiter, sondern als Betroffener, und reichlich Erfahrungen gewonnen, was da so alles schief laufen konnte, wenn es nicht gelang, die maßgebenden Stellen der internen Netzwerke ausfindig zu machen.

Viele Wochen später, als Benno an andere Dinge dachte, erhielt er seine Bewerbungen zurück. Man war an seinen Erfahrungen, Fähigkeiten und Wissen für die ausgeschriebenen Stellen nicht interessiert.

Benno hatte selbst schon an einer Stellenbesetzung mitgearbeitet – damals bei Klaus Mertens – und kannte die verschlungenen und manchmal zeitintensiven Wege über die Personalabteilung, bis es zu einem Vorstellungsgespräch kam. Also galt es vordringlich, nicht auf Antworten zu warten, sondern das Wohnungsproblem zu lösen. Zwei Wochen, das war verdammt knapp. Er fand ein Umzugsunternehmen, das ihm am letzten möglichen Tag das Haus ausräumen würde, ohne die Notwendigkeit, eine neue Adresse nennen zu müssen. Ohne neue Anschrift würde alles eingelagert. Der Umzugsunternehmer schob Benno ein Preisblatt über den Tisch.

Man wird sehen. Benno unterzeichnete den Vertrag. Als der Umzugsunternehmer gegangen war, suchte er den ›Stadtteilkurier‹ aus dem Altpapierstapel und schlug die Wohnungsangebote auf.

Praktischerweise waren die Anzeigen alphanumerisch geordnet. Benno begann bei ›2Z‹ und strich alle, die ihm zu teuer erschienen oder weil ihm die Lage nicht zusagte. Er zog auch die Tageszeitung zu Rate und hatte Glück: Nicht jeden Tag gab es eine Rubrik mit Wohnungsanzeigen. Am Ende hatte er fünf Angebote mit Telefonnummern ausgeschnitten – Chiffre-Angebote ignorierte er. Er griff sofort zum Telefon und vereinbarte Besichtigungstermine.

Nach drei Wohnungsbesichtigungen konnte Benno ein Resümee ziehen: Ein Stellungssuchender – er vermied das Wort ›arbeitslos‹ – war als Mieter nicht unbedingt willkommen. Die Frage nach Beruf und Arbeitgeber wurde nie direkt gestellt, es standen immer noch ein paar kleine Restarbeiten in Küche oder Bad aus, was selbstverständlich noch schnellstens erledigt würde. Aber es gab die Option – ob er vielleicht selbst und was er von Beruf sei. Benno lehnte den in Aussicht gestellten Nachlass auf die Kaution dankend ab. Und wo? Eine ungekündigte Stellung bei Energie West hätte seiner Bonität und einem Mietvertragsabschluss entscheidend geholfen.

Nach diesen Erfahrungen weitete Benno seine Suchkriterien aus, aber selbst in Stadtteilen, wo Benno es nicht erwartet hätte, wurde Wert auf solvente Mieter gelegt. Nur erkundigte man sich dort direkter nach Arbeitgeber und Einkommen. Im Übrigen sei die Wohnfläche für einen allein lebenden Hartz-IV-Empfänger ohnehin zu groß. Benno empfand solche Unterstellungen als ungerecht, denn er war und fühlte sich noch längst nicht dort, wo sie ihn hinstellten. Seine Kündigung hielt er inzwischen für eine unüberlegte und vorschnelle Dummheit.

Unerbittlich rückte der Tag des Auszugs näher, ohne dass Benno eine Wohnung geschweige denn eine neue Stelle hatte. Am vorletzten Tag suchte er nach den Bierdeckeln, die er nicht sofort fand und darum verzweifelte. Als er sie dann endlich in Händen hielt, starrte er minutenlang unschlüssig auf Norberts Telefonnummer wie auf ein rettendes Orakel. In seinem Kopf wirbelten die Gedanken nicht mehr sondern folgten plötzlich einer klaren Struktur: Er musste sich jetzt entscheiden, ob er bei seinen Eltern unterkriechen oder das mit Norberts Angebot verbundene Abenteuer eingehen wollte. Benno wählte.

»Benno hier. Gilt das Angebot noch?«

Norbert brauchte einige Sekunden für die Antwort. »Selbstverständlich.«

»Ich ziehe schon übermorgen Nachmittag ein. Wenn du keine Zeit hast, leg die Schlüssel unter die Fußmatte. Wenn es keine Fußmatte gibt, in den Blumenkasten vor dem Dielenfenster.«

»Woher der plötzliche Meinungsumschwung?«, fragte Norbert noch, aber Benno hatte schon aufgelegt.

Der Umzugsunternehmer war über die kurzfristige Information nicht sonderlich erfreut. Ob er den Wagen im Lager ausräumen müsse oder in der neuen Wohnung, sei doch ziemlich egal, und bis Apeln seien es nur fünfzig Kilometer, argumentierte Benno. Die

Schränke würden sich nicht von selbst zusammen bauen, war die Antwort, aber er würde auf jeden Fall sein Bestes tun, was allerdings mit einem Aufpreis für Überstunden verbunden sei.

In der Gewissheit, nicht mehr viel Zeit zu haben, packte Benno nun auch die Sachen, von denen er glaubte, sie noch bis zum Auszug zu gebrauchen, in die Kartons, Weil er ordentlich vorging und so packte, dass die Kartons gleich in die richtigen Zimmer gestellt werden konnten, wurde es bis nach Mitternacht, bis er fertig war.

In der Nacht schlief er unruhig. Er nahm Claudia in seinen Träumen in den Arm und liebte sie mit einer Inbrunst, die ihre Kraft aus der lange Zeit hinausgeschobenen Erfüllung schöpfte. Als er aufwachte, griff er nach rechts – ins Leere.

Das Warten auf den Auszug war anstrengend. Ein voller Tag stand ihm für das Abschiednehmen zur Verfügung. In seinen Emotionen hatte er sich bereits vom Haus gelöst, als Claudia ausgezogen war. Es hatte damit keine Bedeutung mehr für ihn; es war zu einem Symbol für das Scheitern verkommen. Er fuhr in die Stadt und machte einen ausgedehnten Rundgang, aß zu Mittag im Bistro – vielleicht war Claudia dort? – und fand sich schließlich auf seinem Lieblingsweg entlang des Flusses wieder, den er mit Ricki so oft gegangen war und der ihm manches Mal die Ruhe und den Abstand vermittelt hatte, die er dringend brauchte. Er ging auf die Brücke, schaute auf das Spillenburger Wehr und kämpfte mit dem einsetzenden Abschiedsschmerz. Er wusste, dass er mit dem Umzug seine emotionalen Verluste endgültig realisierte.

Die Umzugsleute bauten Bett und Schränke auf, abgerückt von den Wänden, damit diese noch tapeziert und gestrichen werden konnten. Die Schränke einzuräumen machte keinen Sinn, wenn sie voll waren würde er sie nicht mehr an die Wand schieben können. Benno überschlug den Arbeitsaufwand. Für Wohn-, Schlaf- und Arbeitszimmer würde er mindestens eine Woche brauchen. Hilfe war angesagt. Benno erinnerte sich: Zu seiner Zeit gab es ein kleines Malergeschäft Laudrup am Marktplatz. Benno schaute auf die Uhr. Das könnte er noch schaffen.

Das Geschäft gab es nicht mehr. Das Schaufenster war zugemauert bis auf eine Eingangstür mit dem Schild ›Büro‹. Daneben an der Wand stand, farblich in Gelb-Braun-Tönen gehalten: ›Werner Laudrup – Trockenbau – Maler- und Renovierungsarbeiten‹ Der Betrieb existierte als noch.

Benno betrat das Büro. Werner Laudrup saß in einem farbbeklecksten Malerkittel am Computer und tippte. Als Laudrup hoch schaute, trug Benno seinen Wunsch vor: 3 Zimmer mit Raufaser tapezieren und weiß streichen – möglichst schnell, damit er die Zimmer einrichten könne.

Laudrup fragte nach der Adresse. Ist ja am Ort, kommentierte er, tippte und schaute auf den Bildschirm. »Hmm.« Er zog ein schwarzes Buch zu Rate.

blätterte und sagte: »Doch, es geht. Am Montag um sieben fangen wir an. Die alte Jansen liegt im Krankenhaus, die Arbeiten müssen wir verschieben. Wir kommen zu dritt und sind am Dienstag locker fertig. Sie können ja schon mal anfangen, die alten Tapeten abzukratzen. Wir rechnen nach Quadratmetern ab – 17,70 Euro für das Tapezieren und 7,15 für den Anstrich. Gehen Sie mal grob von ca. 30 m² für jedes Zimmer aus.« Laudrup tippte behände wie ein Pianist in eine Rechenmaschine. »Mit zwo-drei müssen Sie rechnen. Als Neukunde sind 500 Euro für das Material anzuzahlen. Montag reicht, wenn wir anfangen.« Laudrup füllte einen vorgedruckten Auftragsschein aus; Benno unterzeichnete, froh über den schnellen Ausführungstermin.

Als Benno wieder zurück in der Küche stand und die alten Möbel anstarrte, die vermutlich Gerds Eltern einmal angeschafft hatten, wurde ihm flau. Der Küchenschrank mit den zwei Ornamentglastüren rechts und links und dem offenen Regal in der Mitte, in dem Büchsen mit Aufdrucken zum Inhalt standen – Mehl, Zucker, Kaffee, Tee –, ergänzt um einige moderne Plastik-Schüttboxen, mochte mit Sicherheit seine Liebhaber finden, doch jetzt zog das nachgedunkelte Holz seine Stimmung an den Rand einer Depression. Obwohl es draußen noch hell war, ließen die umstehenden Eichen nicht alles Licht ins Haus.

Benno verbrachte eine unruhige Nacht. In seinem Haus hatte er von Claudia geträumt, hier bedrängte ihn Silke. Sie schien lange auf ihn gewartet zu haben, denn sie flüsterte immer wieder, sie hätte gewusst, dass er eines Tages zu ihr zurückkehren würde. Jetzt sei er hier, in ›unserem‹ Schlafzimmer. ›Nimm mich‹, forderte sie Benno auf und zog ihr kurzes Nachthemd bis über die Brüste hoch. Entsetzt starrte Benno auf ihren blutverschmierten Schoß. ›Das Kind‹, sagte Silke betreten, als müsse sie sich für den Umstand entschuldigen, das Kind nicht ausgetragen zu haben. Unvermittelt brach sie in ein schrilles Gelächter aus. Unfähig, in das Geschehen einzugreifen, sah er, wie Silke ihr Nachthemd über den Kopf zog, sich auf ihn warf, ihn mit begehrlicher Zunge küsste und mit ihren Händen würgend seinen Hals umfasste.

Verschwitzt wachte Benno auf und atmete tief durch; seine erste Empfindung war die kühle Feuchte des Kopfkissens und des Pyjamas auf der Haut. Fragmente eines Traums zogen wie ein ungeschnittener Film durch seinen Kopf. Das Unterbewusstsein hatte ihm die Vision eines Racheengels vor Augen geführt. Nein, dachte er, so war Silke nicht. Auch wenn sie im erzkatholischen Apeln nichtehelichen Sex hatten, war sie eine anständige Frau und hatte wohl darauf vertraut, in Benno den Mann fürs Leben gefunden zu haben. Die Erkenntnis, sie hatte ihn geliebt, traf ihn mit voller Wucht.

Es ging auf fünf Uhr zu und an Schlaf war nicht mehr zu denken. Traurigkeit beherrschte Benno und der Wunsch, etwas wieder gut zu machen, was irreparabel war. Hatte er nicht, nach Silke, zwei Frauen verloren, Marie Luise und auch Claudia? War das schon der Teil einer Buße? An diesem Stand der Überlegungen fand Benno ins Leben zurück. Er warf die Bettdecke zur Seite und ging ins Bad duschen. Die Dusche reinigte auch seine Gedanken. Bis auf das latente Gefühl von Einsamkeit und Alleinsein, das sich vom gestrigen Abend bis hierhin gerettet hatte, dachte er wieder nüchtern und normal. Das Bad, Fliesen und Sanitäranlagen, entsprach nicht dem aktuellen Geschmack, war aber, wie auch die Küche, sehr sauber gehalten. Ein Gefühl von Dankbarkeit keimte in Benno auf, so als habe Silke gewusst, dass er eines Tages zurück sein würde.

Hatte sie. Benno spürte die flüsternden Lippen wieder am Ohr. Mit der Hand wischte er den vermeintlichen Kitzel weg. Um nicht wieder ins Grübeln zu verfallen, zog er sich hastig an und ging nach unten in die Küche. An der von Marie Luise ungeliebten Kaffeemaschine – sie brühte lieber mit Filter auf – drückte er einen Kaffee Crema und stellte eine Tasse unter, nachdem die Bohnen gemahlen und das heiße Wasser durch das Kaffeemehl gepresst wurde.

Benno nahm die Tasse und ging vor die Tür. Er konnte jetzt frische Luft gebrauchen. Auch Gerd und Silke mussten Zeit hier verbracht haben, denn zwei Gartenstühle standen, nicht nebeneinander, sondern rechts und links der Haustür. An der Zufahrt links gab es eine Remise mit allerlei Gerümpel und landwirtschaftlichen Geräten. Benno erkannte einen Anhänger, einen Heuwender und ein flaches rechteckiges Eisengestell, wohl eine Egge, wie auch sein Vater eine hatte, mit zwei Eisenketten, um ein Zugtier oder einen Traktor vorzuspannen. Weiter rechts vom Hauseingang, nahe einem kleinen Wäldchen, stand die Scheune, in der das Unglück passiert war. Zwischen Remise und Scheune schaute Benno von seinem Sitzplatz aus auf eine Wiese und dahinter auf bis zum Horizont reichende Felder.

Benno fröstelte. Die frühmorgendliche Sonne stand tief und konnte so zwischen den unnatürlich hochstämmigen Eichen hindurch – die unteren Äste waren abgesägt –, doch fehlte den Sonnenstrahlen die wärmende Kraft. Benno holte sich eine Jacke aus der Diele und startete einen Rundgang, zuerst zur Scheune. Scheunentor und Seitentür waren verschlossen. Hinter dem Haus war im rechten Winkel ein Stall an die Küche angebaut und bildete so einen geschützten Innenhof, mit einer Bank und einem Tisch und Blick auf den Nutzgarten, in deren erster Reihe Büsche mit weißen und gelben Blumen standen, denen Benno keinen Namen zuordnen konnte. Margeriten? Von Gartennutzung war auf den Bierdeckeln keine Rede, aber war das nicht selbstverständlich? Wer sonst sollte umgraben, säen und ernten – etwa Norbert, der aus der Stadt anreisen musste? Durfte er Tiere halten, Schweine oder gar Kühe? Zu dieser Frage inspirierten ihn die drei umgedrehten Milchkannen, die in einem Holzgestell neben der Stalltür standen.

Den Tag verbrachte Benno mit einem Einkauf bei dem Discounter, wo Silke Weihnachten ein Blutbad aus Roter Bete angerichtet hatte, und dem Einräumen der Küche. Am frühen Abend klingelte es an der Haustür: Norbert. Er wolle sich erkundigen, ob der Umzug gut gelaufen wäre, und den SAT-Receiver bringen – Benno hätte die Schüssel auf dem Dach sicher schon bemerkt. Den Receiver hätte er mitgenommen, bevor er aus dem leer stehenden Haus geklaut würde. Nachdem Norbert das Gerät installiert hatte, stellte Benno seine Fragen.

Gartennutzung – selbstverständlich. Viehhaltung – kein Problem. »Aber willst du jeden Morgen um fünf Uhr aufstehen und Kühe melken? Keinen Urlaub mehr machen?«

»Wenn die Kuh noch nicht gekalbt hat…«

»Ein ziemlich großes Haustier, findest du nicht? Ich sehe euch gemeinsam den Abend verbringen, die Kuh liegt auf dem Sofa…«

»Erzählst du deinen Kunden vom Elefanten im Porzellanladen und verkaufst denen eine Hausratversicherung?«

Norbert lachte. »Komm, wir schauen einmal rum, ob alles in Ordnung ist.«

»Noch ist Unordnung, aber Montag kommen die Maler, danach werden die Kartons ausgepackt und die Sachen eingeräumt. Wir müssen nicht durchgehen, es gibt nichts zu meckern.«

Norbert drückte Benno drei Schlüssel in Hand. »Scheune und Stalltür zum Hof. Und überleg dir das mit der Landwirtschaft. Meinen Segen hast du. Übrigens: Schweine sind intelligent und nicht so groß. Du kannst wählen zwischen ›du dumme Kuh‹ und ›du Schwein‹.

»Nein, Schwein gehabt« meinte Benno vergnügt.

Norbert verabschiedete sich. »Ich schau mal wieder vorbei, wenn du mit Renovieren fertig bist, wie's dir so geht. Grüß deine Eltern von mir.«

Am Montagmorgen, eine Viertelstunde vor der Zeit, fuhr ein Transporter vor. Benno saß noch beim Frühstück. Als das Klingelzeichen ausblieb, ging er vor die Haustür nachsehen. Laudrup hatte ein Klemmbrett in der Hand und redete auf einen aufgeregten Mann ein, vermutlich ein Geselle. »Hier arbeitete ich nicht«, hörte Benno den Gesellen. »Das ist das Haus von Backes.« Laudrup schaute auf den Auftrag. »Schmidtbauer. Ich dachte, die Adresse liegt kurz hinter Wöllkens und nicht so weit draußen..«

»Das sind meine Eltern«, erklärte Benno.

»Das ist doch der, wegen dem die Silke erschossen wurde!« Der Geselle zeigte mit ausgestrecktem Arm auf Benno, als wollte *er* ihn jetzt erschießen.

»Ruf Klaus an«, wies Laudrup den Gesellen an, »er braucht nicht zu kommen. Wir fahren in die Werkstatt.«

Benno protestierte, er habe schließlich einen Auftrag. Laudrup nahm den Auftrag vom Klemmbrett und zerriss ihn in kleine Schnipsel, die er genussvoll vor Bennos Füße rieseln ließ. »Du Schwein!«

Benno überlegte. Das hatte er doch letztlich noch gehört. Er ließ die Schnipsel liegen und ging ins Haus zurück, bediente die Kaffeemaschine und beendete sein Frühstück. Genau so hatte er sich das vorgestellt, nicht im Detail, aber im Ergebnis, als Norbert ihm das Wohnungsangebot unterbreitete. Dagegen halten, nicht klein kriegen lassen, war Norberts Antwort gewesen. Der war aber nicht betroffen, hatte gut reden.

Er könnte sich jetzt fallen lassen, sein Schicksal beklagen, hadern. Würde es ihm dann besser gehen? Wenn die befürchtete Ausgrenzung schon eingetreten war, könnte er auch die anderen unangenehmen Dinge erledigen, die noch vor ihm lagen. Er fuhr in den Ort zum Bürgerbüro, sich umzumelden. Bis zu Öffnung hatte er noch eine halbe Stunde Zeit, war aber der Erste in der Reihe.

Beno legte seinen Personalausweis auf den Tisch und nannte die Adresse, zu der er sich ummelden wolle.

»Ist das Eigentum?« fragte der Angestellte.

Benno verneinte. »Gemietet.«

»Dann brauche ich eine vom Eigentümer unterzeichnete Wohnungsgeberbescheinigung.«

Benno schluckte. Gerd Backes saß ein, aber wo? Er steckte Formular und Ausweis ein und verließ das Amt.

Der Angestellte griff nicht zum Knopf der Rufanlage, um den nächsten Bürger herein zu bitten, sondern zum Telefon.

»Holger? Weißt du, wer soeben hier war?«

Holger musste eine dumme Antwort auf die dumme Frage gegeben haben, denn der Angestellte grunzte unwirsch. »Du kennst doch den Fall Gerd

Backes.« Dem freien Mitarbeiter der Lünkhuser Nachrichten zu unterstellen, er sei lokal nicht auf dem Laufenden, grenzte an Beleidigung. »Schon gut«, meinte der Angestellte und drückte die Freisprecheinrichtung. Die Wartenden draußen konnten jetzt hören, dass er telefonierte, aber nicht verstehen, was gesprochen wurde. »Der Schmidtbauer, der in dem Prozess ein wichtiger Zeuge war – um den drehte sich doch alles – war hier bei mir auf dem Amt und hat sich unter der Adresse gemeldet, wo bisher der Gerd Backes mit seiner Frau gewohnt hat. Na, ist das eine Nachricht?«

»Solange der Wohnungswechsel nicht strafbar ist, ist das keine Nachricht, sondern eine Information, die wir im Auge behalten sollten. Ich danke dir trotzdem.« Das Besetztzeichen erklang, Holger hatte aufgelegt.

Hätte der Angestellte aus dem Fenster gesehen, hätte er auch Benno Schmidtbauer mit dem Telefon am Ohr bemerkt. Benno sprach mit Norbert. Selbstverständlich habe er eine Vollmacht. Benno müsse also nicht in die Justizvollzugsanstalt Werl reisen, wo ihm Gerd mit Sicherheit die Unterschrift verweigern würde. Benno schwante Unheil. Gerd wisse nichts von seinem Einzug, na klar. So werde es auch bleiben, versicherte ihm Norbert. Trotzdem blieb bei Benno ein ungutes Gefühl zurück. Bei guter Führung konnte Gerd schon in drei Jahren wieder zurück sein. Benno verdrängte alle ungewissen Zukunftsüberlegungen, denn wer weiß, wo er Arbeit finden würde.. Machte das Renovieren dann überhaupt noch einen Sinn? Insoweit war es schon von Vorteil, dass der Maler abgesagt hatte. Zum Selbermachen würde er zwar länger brauche, aber das war wesentlich preiswerter. Er fuhr zum Gewerbegebiet am Ortsrand, wo neben dem Lebensmittel-Discounter ein Baumarkt und Hermann Pieper ein Autohaus aufgemacht hatte, der früher die kleine Autowerkstatt in der Marktstraße betrieben hatte. Im Baumarkt kaufte er Raufasertapeten, Farbe und Werkzeug; lobte sich als weitsichtig vorausschauend, weil er den Tapeziertisch beim Umzug nicht zum Sperrmüll gegeben hatte. Die folgende Woche verbrachte Benno mit Arbeit und Fertiggerichten. Zwischendurch kam Norbert vorbei, lobte Bennos Fleiß und füllte die Wohnungsgeberbescheinigung aus. Er erbot sich auch, zum Bürgerbüro zu fahren, doch Benno vermutete, dass persönliches Erscheinen notwendig sei.

Tagsüber schaffte Benno einiges, auch wenn er gegen das Gefühl ankämpfen musste, das alles sei umsonst, nachts fand er sich in seinen Träumen ein ums andere Mal mit Silke im Bett wieder. Es waren keine ausschließlich anregenden Träume, auch wenn sie sich nur um Sex drehten und sein Unterbewusstsein sich noch erstaunlich gut an Einzelheiten erinnerte. Immer, wenn er endlich in sie eindringen wollte, fand er ihren Schoß wie zugewachsen und ihre Stimme flüsterte ununterbrochen ›das Kind, das Kind‹, bis Benno aufwachte. Er wollte hochfahren, doch diesmal drückte ihn eine Hand auf der Schulter in das Kissen zurück. »Ruhig«, sagte eine Stimme, »ich will ihnen helfen.« Im flackernden Licht, das durch das Fenster hereinfiel, erkannte Benno einen Mann in derber Schutzkleidung mit Leuchtstreifen und einem seltsamen Helm. »Feuerwehr. Ziehen Sie sich etwas an, Sie müssen das Haus verlassen. Die Remise brennt, wir verhindern, dass das Feuer auf das Haus überspringt.« Benommen fand sich Benno vor der Haustür wieder und trotz der Hitze fröstelte er. Sein Auto war zur Scheune geschoben worden. Auf die Frontscheibe hatte jemand mit roter Farbe ›Schwein‹ gesprüht. Auch wenn die Farbe passte – mit Sicherheit war das nicht die Feuerwehr gewesen.

Ein Polizist sprach Benno an. Er notierte Bennos Personalien und erkundigte sich nach dem Grund seines Hierseins. Er habe das Anwesen gemietet, erklärte Benno, habe den Mietvertrag augenblicklich nicht zur Hand, aber man könne gerne Norbert Backes fragen. Benno holte sein Mobiltelefon aus der Jackentasche, tippte kurz und las dem Beamten Norberts Telefonnummer vor. Im Laufe des Vormittags könne er auf der Wache vorbeikommen, versprach er, den Mietvertrag vorzeigen und Anzeige erstatten.

Wenn Brandstiftung festgestellt würde, sei das ein Offizialdelikt, da brauche es keine Anzeige, informierte der Polizist. Wegen des Autos, wandte Benno ein und zeigte auf das Geschmiere. Ob er eine Ahnung hätte, wer ihm schaden wollte, jemand, mit dem Benno zuletzt Streit gehabt hätte?

Benno hatte sehr wohl eine Ahnung, doch der

Betreffende saß in Haft und schied als Täter aus. Er verneinte. Wie das Feuer entdeckt worden sei, wollte er wissen, er hätte geschlafen und nichts bemerkt. Die Feuerwehr sei von Leuten, die nachts vom Heidekrug von einer Familienfeier hier vorbei gefahren seien, gerufen worden.

Mutig und anständig, dachte Benno, denn von denen war mit Sicherheit keiner mehr nüchtern gewesen. Der Alte Postweg war nicht nur vom Heidekrug aus eine wenig kontrollierte Abkürzung für die Landstraße von Floersheim nach Apeln.

In den frühen Morgenstunden rückte die Feuerwehr bis auf eine Brandwache ab. Auch wenn er heute mit der Renovierung fertig geworden wäre – um sein Arbeitszimmer zu streichen war Benno zu aufgewühlt, als läge der verkohlte Haufen nicht draußen sondern auf seiner Seele. Nichts zu tun, die Trümmer anzuschauen und sich in Niedergeschlagenheit zu verlieren war allerdings auch keine Alternative. Also schob er die Elemente des Schlafzimmerschrankes an die Wand, verschraubte sie und sortierte Kleidung und Wäsche ein.

Auf dem Weg zur Polizeiwache wurde Benno das ganze Dilemma klar, in dem er steckte. Er war überzeugt, dass die Remise einer Brandstiftung zum Opfer gefallen war und der Grund in seiner Beteiligung an Silke Backes Tod lag, die durch den Prozess öffentlich geworden war. Die mögliche Wirkung seines Einzugs auf Backes' Hof hatte er unterschätzt, eigentlich überhaupt nicht bedacht, dass ein bestimmter Personenkreis die Vermietung des Hofes ausgerechnet an ihn als eine ungeheuerliche Provokation auffassen könnte. Nur in der Person des Brandstifters blieb Benno ratlos.

Der Polizist, der die Schmiererei fotografierte, bemängelte die eingeschränkte Sicht. Dass Benno bis zur Wache gefahren sei, darüber könne er wohlwollend hinwegsehen, aber Benno dürfe den Wagen jetzt erst wieder benutzen, wenn die Frontscheibe sauber sei. Benno wollte erwidern, er führe keine Kanne Terpentin im Kofferraum spazieren, beherrschte sich aber. Spätestens mit der Aufnahme der Anzeige würde die Situation für ihn peinlich werden. Die erwartete Frage stellte der Beamte erst, als Benno die Anzeige unterzeichnete.

»Schmidtbauer? Sind Sie nicht neulich in dem Prozess gegen Gerd Backes als Zeuge aufgetreten?«

Benno bejahte.

»Und Sie wohnen jetzt in seinem Haus, während der in Haft ist?«

Benno griff in die Jackentasche und legte die Bierdeckel auf den Tisch. »Der Mietvertrag.« Der Polizeibeamte studierte die Einträge, während Benno darüber nachdachte, welcher Dienstgrad drei Sterne auf den Schulterklappen bedeuteten.

»Ein Deckel mit den Getränken gehört nicht dazu? Das war doch sicher ein ausgelassener Abend.«

»Ein hilfreicher Nachmittag.« Bennos Stimme klang unterkühlt. »Wenn Norbert Backes mir das Haus nicht vermietet hätte, stünde ich womöglich auf der

Straße. Oder nächtige unter der Kanalbrücke, wie er sich ausdrückte. Außerdem bin ich hier geboren, es ist also nicht ungewöhnlich, wenn ich in Apeln wohne.«

»Ungewöhnlich ist, wenn Sie ausgerechnet in das Haus ziehen, in dem der Mann wohnte, der wegen Ihnen seine Frau getötet hat.«

»Und gewöhnlich kümmern Sie sich auch um Dinge, die Sie nichts angehen?«

»Ihr Fall geht uns eine Menge an. Die Feuerwehr geht von Brandstiftung aus. Sie hat in unmittelbarer Nähe des Brandortes zwei Kanister mit Resten von Brandbeschleunigern gefunden. Ein Sachverständiger kommt heute noch. Die Schmiererei auf ihrem Auto und die vermutliche Brandstiftung deuten auf eine Beziehungstat hin, möglicherweise im Zusammenhang mit dem Backes-Prozess. Da ist der Umstand, dass Sie das Haus von Backes gemietet haben, sehr wohl von Bedeutung.«

Benno schwieg dazu. Der Vortrag war überzeugend.

»Kann ich jetzt gehen? Die Anzeige ist doch erledigt, oder?

»Denken Sie an die Windschutzscheib«, erinnerte der Beamte.

Benno deutete auf dessen Namensschild. »Sie sind bestimmt der Sohn von Lehrer Grotkamp. Volksschule, 1. bis 4. Klasse.«

»Neffe. Das war mein Onkel.«

»Grüßen Sie ihn von mir, wenn Sie ihn sehen. Ich bin ja nun bekannt genug. Ich kann mir nicht vorstellen, dass sie nicht über mich reden.« Ohne eine Antwort abzuwarten, ging Benno.

Die Augen seiner Mutter schienen in den Höhlen zu versinken, so rot unterlaufen waren sie. Benno nahm seine Mutter in den Arm, doch sie drehte sich seitwärts und wandte ihm den Rücken zu. Sein Vater, blieb stumm und zog an einer Zigarre. Die Spitze blieb grau und er legte die Zigarre zurück in den Aschenbecher.

Man konnte ihn als dumm oder unreif oder was sonst noch bezeichnen, nur nicht als bösartig. Ganz Apeln dachte darüber anders, so wie seine Mutter erzählte und er sich lebhaft vorstellen konnte, es auch nicht anders erwartet hatte. Die Gespräche verstummten, wenn sie in einen Laden kam. Heute war es ihr gelungen, unbemerkt beim Metzger einzutreten und hörte Neues.

»Du wohnst in Apeln und kommst nicht einmal bei deinen Eltern vorbei! Auf dem Backes-Hof! Ich muss mir das von Bekannten sagen lassen und wäre vor Scham am liebsten in den Boden versunken.«

»Es war Zufall. Das Haus ist verkauft und ich habe nicht rechtzeitig eine neue Wohnung gefunden. Ich traf Norbert am letzten Prozesstag in Lünkhusen. Ohne sein großzügiges Angebot säße ich jetzt auf der Straße. Oder sollte ich mit meinen Möbeln hier ins Kinderzimmer einziehen? Ich bin erwachsen, 42«

»Du hast uns bloßgestellt«, sagte seine Mutter vorwurfsvoll.

»Dann kaufe halt beim Discounter. Da wird weniger getratscht.«

Mutter schluchzte kurz auf. »Werde nicht theatralisch«, sagte Benno. »Mir ist der Tratsch auch nicht egal, aber ich muss damit leben. Eine Freundin nicht zu heiraten, ist doch keine Untat. Habt ihr sofort gewusst, für einander bestimmt zu sein?« Er wartete. »Keine Antwort ist auch eine. Vielleicht – mit ein wenig mehr Verwirrungen in eurem Leben hätte ich gelernt und mir wäre das Dilemma mit Marie Luise vielleicht erspart geblieben.«

Nach diesem Vorwurf wurde es ruhig. Sein Vater nahm die Zigarre, ohne sich zu entscheiden, sie wieder anzuzünden; er rollte sie zwischen den Fingern, führte sie an die Lippen und legte sie weg. Ihre Blicke trafen sich und Benno fühlte wie in früheren Jahren die Last auf seine Seele gelegt. Mutter verließ das Wohnzimmer schweigend. Diese Geste hatte er an ihr nie leiden können, weil sie an Schuld appellierte und ihn zur Rechtfertigung zwang. Benno war versucht, seinem Vater zu erzählen, damit wenigstens er ihn verstünde, aber er konnte sich nicht überwinden; es war ihm wie ein Rückfall in die alten Abhängigkeiten, die er seit dem Auszug aus dem Elternhaus hinter sich gelassen hatte. Warum sollte er seinem Vater Verfehlungen gestehen? Dabei war es so einfach: Er war damals spontan dem unbekannten Gefühl gefolgt, in andere Leben eingreifen zu können.

»Pubertät«, sagte sein Vater nachdenklich. »Man glaubt nicht, welches Unglück daraus entstehen kann.«

»So einfach ist es nicht.«

Vater dachte einen Augenblick nach. »Du tust deiner Mutter Unrecht. Es geht nicht darum, dass du eine Freundin hast sitzenlassen. Was du mit Silke und Gerd angestellt hast, war die Schweinerei, von der nun jedermann hier im Ort weiß.«

»Das Drama, das sich daraus entwickelt hat, war nicht abzusehen. Gut, ich stehe für alles gerade. Aber dass man euch ausgrenzt für etwas, was nur ich zu verantworten habe, ist nicht weniger verwerflich.«

Vater hob die Arme, ein Ausdruck von Hilflosigkeit gegenüber der Bloßstellung, gegenüber dem Gerede. Er nahm Benno in den Arm, eine ausgesprochen seltene Geste und auch ein Zeichen, dass genug geredet war. Vor diesem Gespräch hatte sich Benno gescheut, jetzt war es überstanden. Die Anspannung der letzten Tage ließ bei ihm nach.

In der nächsten Woche gewöhnte sich Benno an, bis zum Dunkelwerden im Innenhof zu sitzen, nur in Begleitung einer Flasche Wein, und ruhig über seine Zukunft nachzudenken. Einen nostalgischen Gedanken, der ihn schon früher gelegentlich gereizt hatte, verwarf er – Landwirtschaft zu betreiben. Auch wenn er seinem Vater bei der Feld- und Stallarbeit geholfen hatte, verstand er zu wenig, war im Grunde immer nur den Anweisungen seines Vaters gefolgt. In diese Abhängigkeit wollte er sich nicht neuerlich begeben. Also würde er sich eine Stelle in der Wirtschaft suchen müssen. Drei Bewerbungen hatte er schon geschrieben und bis auf die Eingangsbestätigung nichts gehört. Fraglich war auch, ob er dann in Apeln wohnen bleiben konnte.

Nur einmal fuhr er nach Apeln, um sich im Bürgerbüro umzumelden und einzukaufen. Norbert rief an und informierte, sobald das mit der Versicherung geklärt sei, würde er den Schutt der Remise abfahren lassen. Ansonsten beschäftigte sich Benno mit wenig, und wenn er sich beschäftigte, räumte er ein. Dabei fiel ihm ein Buch in die Hände, ›Das Leben auf dem Lande‹, das er vor Jahren erworben und nie gelesen hatte, denn in der Stadt schien es ihm nicht von Nutzen, und außerdem, wo hatte er seine Kindheit verbracht? Was er in dem Buch über Anlage und Bewirtschaftung eines Nutzgartens las, schien ihn sehr arbeitsaufwändig und kaum vereinbar mit einem zehnstündigen Büroalltag zu sein. Bei seiner Mutter war alles einfach und selbstverständlich gewesen.

Benno hatte es sich soeben im Hof gemütlich gemacht, die Flasche Wein entkorkt und das Glas gefüllt. Er dachte an Schweine und ihr freundliches Gegrunze und überlegte, ob das nicht machbar sei, als es an der Haustür klingelte.

»Du? Dich schicken doch bestimmt meine Eltern.«

»Darf ich hereinkommen?« Er ließ Gisela vorbei. »Ja schon, aber ich kann nicht leugnen, dass mich selbst brennend interessiert, was dich bewogen hat, auf den Backes-Hof einzuziehen.«

Benno führte Gisela in den Hof und besorgte ein zweites Glas. Die frühabendliche Sonne stand weit im Westen und nicht mehr so hoch wie im Sommer;

wenn sie die Sonne jetzt noch genießen wollten, hätten sie sich besser vor die Haustür gesetzt. Mit Gisela fühlte er sich hier am Tisch im Hof wohler, und der Blick auf den Garten hatte seine Gedanken stets in ruhigere Bahnen gelenkt.

»Erzählst du es mir?«

Benno hob sein Glas kurz in Giselas Richtung; sie erwiderte. »Haben meine Eltern nichts gesagt?«

»Sie schienen mir in Sorge, dass du hier eingezogen bist. Über deine Beweggründe haben sie nicht gesprochen.«

Benno ersparte sich eine bissige Bemerkung über die eingeschränkte Sichtweise seiner Eltern, die alles verdrängte, was nicht ihren Vorstellungen entsprach. Er berichtete Gisela über die zufällige Begegnung mit Norbert Backes, seine erfolglose Wohnungssuche und das hilfreiche Angebot, das zwar vor dem Hintergrund der hier stattgefundenen Tragödie irrwitzig gewesen sei, vermutlich gerade deshalb so reizvoll. Beruflich und privat beginne ein völlig neuer Lebensabschnitt, in dem alles anders werden könne.

Gisela stellte keine Zwischenfragen. Er hatte nicht den Eindruck, dass sie schockiert war, eher nachdenklich, und dass sie ihm mit dem Weinglas zuprostete, wertete er als Zustimmung. Er könne sich sein Leben von Grund auf nach eigenen Vorstellungen neu gestalten, meinte sie, dass habe Vorteile, anders als die Veränderungen, die sie erfahren hatte, als sie zwangsweise den Buchladen aufgeben musste.

Benno wollte nachfragen, als es an der Haustür

klingelte. Er werde gleich zurück sein, es könne nur Norbert Backes sein. Kurze Zeit später ertönte ein dumpfer Knall. Gisela schreckte aus ihren Gedanken hoch. Dann entfernte sich ein Auto mit aufheulendem Motor.

Als Benno nach einer Minute noch nicht zurück war, wurde Gisela unruhig. Sie lief zur Haustür, die noch offen stand. Benno lag auf der Erde, mit dem Gesicht nach unten. Unter der linken Schulter quoll eine Flüssigkeit. Auch wenn sie in der Dämmerung nicht mehr deutlich sehen konnte, wusste sie: Es ist Blut.

Er öffnete die Augen zunächst nur einen Spalt, als befürchte er, von grellem Licht geblendet zu werden, dann ganz, erkannte jedoch immer noch nichts, alles blieb verschwommen. Eine Stimme sprach zu ihm, die er nicht verstand, Hände umfassten sein Gesicht. Er wollte sie abschütteln, konnte den Kopf aber nicht bewegen. Dann war wieder alles dunkel.

Als er das nächste Mal um sich schaute, war es finster. Im diffusen Licht kleiner Monitore erkannte er die Konturen übereinander getürmter Apparate, die immer die gleiche zackige Kurve zeichneten und Zahlen ausgaben, die sich scheinbar nicht veränderten. Ein gleichmäßiger tiefer Ton erinnerte ihn an – das fiel ihm nicht ein. Dann setzte ein aufgeregt klingendes Piepen ein, das nicht enden wollte, bis eine Frau im weißen Kittel erschien, Bettdecke und Nachthemd anhob und sagte, eine Elektrode habe sich gelöst. Danach verstummte das Piepen und er schloss die Augen.

Es war hell. Er schaute nach oben und fixierte einen Punkt, dachte nach. Er versuchte sich zu orientieren – wer, wo, was – nichts. Die Leere in seinem Kopf blieb, bis auf eine Erkenntnis: Er lag in einem Bett. Plötzlich störte Unruhe die Stille; Männer und Frauen in weißen Kitteln standen an seinem Bett, einer redete, ein anderer fragte, wie es ihm gehe, doch er wusste es nicht.

Er war also im Krankenhaus, kannte aber den Grund nicht. Später kam noch ein Arzt und stellte ihm eine Reihe persönlicher Fragen, die er nicht beantworten konnte, beklopfte seine Beine und ließ ihn mit geschlossenen Augen in weitem Bogen auf die Nasenspitze tippen. Dass er die Fragen nach Namen und Geburtsdatum nicht beantworten konnte, störte ihn gewaltig. Er grübelte, ohne Anhaltspunkte zu finden, weder zu Wohnung, noch zu Arbeit. Darüber schlief er ein.

Der nächste Gedanke war, dass er sich in einem Schlaf-Wach-Rhythmus befand. Eine Frau saß an seinem Bett. Sie stand auf, als der Arzt, der ihn vorhin untersucht hatte, ins Zimmer trat, und erkundigte sich nach seinem Befinden. Neurologisch sei alles in Ordnung; sie hätten Sorgen wegen des hohen Blutverlustes gehabt. Es gäbe Hinweise auf eine Amnesie, das würde weiter beobachtet. Retrograd und vermutlich psychogen; der Patient wisse zum Beispiel nicht, warum er hier sei. Wir müssten Geduld haben. Morgen könne er auf die Station verlegt werden.

Die Frau bedankte sich bei dem Arzt und wandte sich ihm zu. »Benno, Gott sei Dank bist du wieder wach.« Sie wirkte erleichtert und nahm sein Gesicht in beide Hände.

Er erinnerte sich an diese Geste, doch blieb sie ihm zu vertraulich. »Wer sind Sie?«

»Gisela.« Ihre Stimme erstickte, und plötzlich flossen Tränen, die wohl zu lange zurückgehalten worden waren. Die Frau setzte sich, legte für einen Moment den Kopf auf die Bettdecke, besann sich und wischte die Tränen aus dem Gesicht.

»Ich bin also Benno«, sagte er, »kein schlechter Name.«

Gisela lächelte, trotz ihrer noch feuchten Augen.

»Ich nehme an, wir – duzen uns?«

»Ich bin deine Cousine – adoptierte Cousine, wenn du es ganz genau wissen willst.«

»Als Benno bin ich noch recht neu. Vielleicht hilft mir, wenn ich sage was ich denke, aber du darfst mir nicht böse sein.«

»Wenn es nicht zu schlimm wird…«

»Für einen kurzen Moment habe ich geglaubt – gehofft, du wärst meine Frau. Nicht wegen dem Äußeren, sondern – ich weiß nicht, wie ich es ausdrücken soll…«

»Ich bin dir nicht attraktiv genug?«

Er befand sich auf gefährlichem Terrain, wäre am liebsten erneut in Schlaf versunken und erst wieder aufgewacht, wenn er in seinem normalen Leben angekommen war, was immer das auch bedeutete. Er würde sich erinnern und zurechtfinden, hoffte er.

»Benno?«

Ich bin Benno, dachte er, und habe keinen blassen Schimmer, wie ich zu meiner Cousine stehe. Er äußerte diesen Gedanken laut. Ohne auf eine Reaktion von Gisela zu warten, fügte er hinzu: »Es war die Ausstrahlung, die mich beschäftigte, nicht das Ebenmaß von Augen, Wangen und Lippen. Ich wollte in deinem Gesicht lesen und war sicher, etwas zu finden, was mich anzieht; etwas, für das es sich lohnt, dich zu kennen. War das jetzt Kompliment genug?«

In Giselas Gesicht kehrte das Lächeln zurück. »Wenn du etwas gefunden hast – sag es mir bitte. Auch, wenn du dich erinnerst.«

»Gerne. Ich habe mir soeben vorgestellt, wie das ist, wenn man niemanden kennt. Es war bedrückend. Ebenso der Gedanke, ich müsste mir mein ganzes Leben neu erarbeiten.«

»Was ein Vorteil, eine Chance sein kann, alles Schlechte und Unglück hinter sich zu lassen.«

»Aber man bezahlt mit dem bisherigen Glück. Das ist ebenfalls weg. Bist du wenigstens von dieser Seite? Dann wäre mir doch etwas geblieben.«

Gisela zuckte mit den Schultern. »Ich hoffe es. Wir standen uns nicht sehr nahe, sind uns zu wenig begegnet. Ich werde dir helfen, auf jeden Fall.«

»Habe ich denn keine Eltern?«

»Doch, in Apeln. Sie haben einen kleinen Hof, nur noch Schweine und Hühner. Während du im künstlichen Koma lagst, haben sie dich besucht so oft es ihre Zeit erlaubte.«

»Was ist eigentlich passiert?«

»Du warst Opfer eines Überfalls. Wir sprechen später darüber, wenn du dich nicht selbst erinnerst.«

»Und wo bin ich jetzt?«

»Im Ludgerus-Klinikum, Lünkhusen.«

Benno ließ seinen Kopf in das Kissen fallen. »Mein Gott!«, stöhnte er.

Gisela streichelte seine Wange. Diesmal sträubte er sich nicht, griff nach ihrer Hand und hielt sie fest.

Sie kam jeden Tag nach der Arbeit vorbei und arbeitete mit Benno an seiner Vergangenheit. Damit sie ungestört mit allem privatem waren, wurde er in ein Einzelzimmer verlegt. Der Neurologe fand die Verbindung mit Gisela ideal, weil sie nur wenige Berührungspunkte miteinander hatten und keine Emotionen Bennos Erinnerungsvermögen störte. Benno freute sich auf Giselas spätnachmittägliche Besuche, er war neugierig auf sein bisheriges Leben, wenn die Details auch nicht immer erfreulich waren.

Er sei verheiratet, berichtete Gisela, lebe von seiner Frau getrennt – Marie Luise. Ob er schon geschieden sei, wussten seine Eltern nicht; er habe ihnen nicht alles erzählt. Das Einfamilienhaus sei verkauft, weshalb er eine neue Wohnung gesucht habe und schließlich nach Apeln gezogen sei.

Benno erkundigte sich, was und wo er gearbeitet habe. Sie sollten chronologisch vorgehen, schlug Gisela vor, denn über seine Arbeit konnten Bennos

Eltern wenig berichten, dafür gab es reichlich Anekdoten aus seiner Kindheit. »Ich habe bei deiner Arbeitsstelle angerufen und erfahren, dass du vor wenigen Monaten gekündigt hast. Die Personalabteilung hat mir keine weiteren Auskünfte gegeben und mich mit einem ehemaligen Arbeitskollegen von dir verbunden, Christian Becker. Obwohl ihr euch recht gut gekannt habt, hast du ihm auch nichts über deine Gründe erzählt. Er meinte, du hättest dich bei den Beförderungen übergangen gefühlt und seist mit eurem Direktor nicht mehr gut zurechtgekommen. Das hätte aber für alle gegolten – dann hätten alle kündigen müssen.«

Benno schüttelte den Kopf. »Keine Ahnung.«

Von der Arbeit spannte Gisela einen weiten Bogen zu ihrem Spaziergang letztes Jahr Weihnachten. Da sei auch das Unglück mit Silke passiert. Behutsam, ohne zu bewerten, schilderte Gisela die Hintergründe. Warum er nach dem Prozess ausgerechnet auf den Backes-Hof gezogen war, blieb das Geheimnis seiner Seele, die die Vorgänge unter einem Mantel des Vergessens verborgen hielt.

Er sei unruhig, antwortet Gisela auf die Erkundigung des Arztes nach den Fortschritten, vermutlich näherten sie sich dem Kernproblem.

Am nächsten Tag war Gisela sehr ernst. »Ich erzähle dir jetzt, was vorgefallen ist, warum du hier bist. Teilweise war ich dabei, den Rest weiß ich aus der Zeitung. Silkes Bruder hat Gerd Backes, deinem ehemaligen Schulfreund, die Zeitung ins Gefängnis geschickt, in der über den Brandanschlag auf Backes' Remise und die vermeintlichen Hintergründe berichtet wurde. Daher wusste er, dass du auf seinen Hof gezogen warst. Er ließ sich für Außenarbeiten einteilen – Reinigen von Entwässerungsgräben – hackte sich bewusst ins Bein und wurde ins Krankenhaus gefahren. Als die Wache wegen der Verletzung nachlässiger wurde, überwältigte Gerd den Beamten und floh mit Pistole und Dienstwagen. Abends klingelte er bei dir an und schoss ohne Vorwarnung. Wegen des Rückstoßes traf er dich nicht mitten in die Brust, sondern unterhalb der Schulter. Ich war an jenem Abend bei dir zu Besuch, fand dich vor der Haustür liegend und habe die 112 gerufen. Die haben die Blutung gestillt und dich mit dem Rettungshubschrauber nach Lünkhusen geflogen. Das war's, in aller Kürze.«

Benno atmete schwer. Er streckte beide Arme abwehrend von sich und rief: »Nein!«.

»Deine Eltern waren betroffen, als ich ihnen ausrichtete, dass du nicht bei ihnen einziehen willst. Du hast ein distanziertes Verhältnis zu deinen Eltern, das habe ich schon aus dem Umstand geschlossen, wie wenig sie eigentlich über dein aktuelles Leben wussten. Sie waren besorgt, du könntest auf den Backes-Hof zurückkehren. Als ich ihnen sagte, dass du in mein drittes Zimmer einziehen möchtest, waren sie beruhigt.«

Gisela und Benno gingen in dem kleinen Park hinter dem Hospital spazieren. Sie stützte ihn, obwohl

Benno sich kräftig genug fühlte; seine Beine waren doch gesund. Er genoss die Nähe, die Berührung, die Fürsorge.

»Wir können uns das dritte Zimmer auch teilen. Für dich stellen wir einen kleinen Schreibtisch hinein und lassen mein Bügelbrett stehen. Die Rollenverteilung gefällt mir zwar nicht, aber du könntest doch beides benutzen.«

Benno lächelte.

»Ich habe ein Doppelbett im Schlafzimmer«, sagte Gisela. »In dem zweiten Bett hat bisher die Hoffnung geschlafen. Wenn dir das nichts ausmacht, kannst du das zweite Bett haben.« Sie nahm Benno in den Arm. »Und wenn du brav bist. In den wenigen Wochen unserer gemeinsamen Kindheit bist du mir verdächtig oft an die Wäsche gegangen.«

»Mädchen – das waren unbekannte Wesen. Ich hatte keine Schwester.«

»Ich *bin* das unbekannte Wesen.«

»Du bist nicht mehr die Neunjährige von damals. Gestern Abend konnte ich nicht einschlafen und habe lange geträumt, mit offenen Augen. Ich sah uns bei Kerzenschein sitzen und wir sprachen wie in den letzten beiden Wochen über mein bisheriges Leben. Und meine Zukunft. Nein, ich bin nicht sentimental, wegen des Kerzenlichts. Das ist ein romantischer Rahmen, in dem sich besser träumen lässt von dem neuen, vielleicht spannenden Abschnitt meines Lebens, der vor mir liegt. Ich verspürte den brennenden Wunsch, diesen Teil gemeinsam mit dir zu erleben.«

Gisela verschloss ihm den Mund. Als ihre Lippen ihn wieder freigaben, fühlte Benno eine Leere, die er nie wieder spüren wollte.